Diogenes Taschenbuch 23504

D0828782

Jakob Arjouni

Hausaufgaben

Roman

Diogenes

Die Erstausgabe
erschien 2004 im Diogenes Verlag
Umschlagillustration:
Salvador Bru, ›Houses... Dream...‹
Copyright © Salvador Bru/
Bru Associates

Veröffentlicht als Diogenes Taschenbuch, 2005
Alle Rechte vorbehalten
Copyright © 2004
Diogenes Verlag AG Zürich
www.diogenes.ch
250/05/44/1
ISBN 3 257 23504 6

I

Joachim Linde, Deutschlehrer am Reichenheimer Schiller-Gymnasium, sah auf die Uhr.

»...Also dann versucht doch mal in den zwanzig Minuten, die uns noch bleiben – auch ruhig unter dem Eindruck des vorhin gelesenen Walser-Texts –, zu beschreiben, was ihr meint, welchen Einfluß das Dritte Reich heute, fast sechzig Jahre später, auf euer Leben hat.«

Linde verschränkte die Arme, lehnte sich gegen die Tafel und ließ den Blick über die Gesichter des Deutsch-Oberstufenkurses »Deutsche Nachkriegs-schriftsteller und ihre Auseinandersetzung mit dem Dritten Reich« streifen. Zweiundzwanzig Mädchen und Jungen im Alter von siebzehn bis zwanzig, die im Moment, wie Linde glaubte, nur im Kopf hatten, wo sie das verlängerte Wochenende verbringen würden. So wie er. Es war Donnerstag, ein warmer, sonniger Frühlingstag, und in zwei Stunden wollte er in den Zug nach Berlin steigen, um am nächsten Morgen zu einer dreitägigen Wanderung durch die Mark Brandenburg aufzubrechen. Ein von ihm seit langem, quasi seit dem Mauerfall vor vierzehn Jahren gehegter Wunsch: die Wiege Berlins, die Heimat Fontanes und nicht zuletzt die Gegend, aus der Lindes Vater stammte, zu Fuß zu »ersinnen« (so hatte er es oft gesagt und auf Nachfragen geantwortet: »Das Land mit allen Sinnen in mich aufnehmen, ertasten, erriechen, erschmekken.« Linde bildete sich auf außergewöhnliche Formulierungen, Wortschöpfungen sowie Umdeutungen bekannter Wörter etwas ein. Je länger seine Zuhörer brauchten, um dahinterzukommen, was er eigentlich meinte, desto zufriedener war er.). Dreimal hatte er die Zugfahrkarte nach Berlin schon gekauft, doch immer war im letzten Moment etwas dazwischengekommen. Einmal hatte Ingrid, seine Frau, am Abend zuvor einen ihrer Zusammenbrüche gehabt, ein anderes Mal war Pablo, sein neunzehnjähriger Sohn, zum Bezirksgruppenreferent bei Amnesty International gewählt worden und hatte ein Grillfest veranstaltet, und vor einem halben Jahr mußte Martina, seine achtzehnjährige Tochter, mit aufgeschnittenen Pulsadern ins Krankenhaus eingeliefert werden. Doch diesmal schien ihn nichts mehr aufhalten zu können: Ingrid saß in der Klinik, Pablo demonstrierte in Mannheim gegen Israels Siedlungspolitik, und Martina war drei

Monate nach ihrem Selbstmordversuch von zu Hause abgehauen und lebte zur Zeit mit einem Fotografen in Mailand. Von der Lehrerkonferenz am Abend hatte sich Linde vom Schulleiter befreien lassen, und das allwöchentliche Treffen des Martin-Luther-Gesprächskreises zur aktuellen Deutung des Neuen Testaments fiel an diesem Samstag wegen des Reichenheimer Weinfests aus.

»Ja, Alex?«

»Also…« Alex nahm den Arm herunter und grinste unsicher. Vor drei Tagen hatte ihm Linde gesagt, wenn er sich mündlich nicht mehr beteilige, könne er den Kurs vergessen.

»Ich weiß nicht, aber…« Alexs Knie schlugen einen langsamen Takt. »Wie Sie schon sagten: Das ist fast sechzig Jahre her. Was geht mich das an?«

»Tja, Alex, genau das war die Frage.«

Teresa und Jennifer in der letzten Bankreihe kicherten. Teresa war Klassenbeste, und Jennifer hatte, wie Linde fand und sich dessen immer wieder versicherte, einen ganz außergewöhnlich runden und strammen Hintern.

Auf das Kichern reagierte er mit einem lächelnden »Na, na!«. Dann wandte er sich zurück zu Alex: »Es wäre schön, wenn du noch ein bißchen mehr beitragen könntest, als einfach nur meine Frage zu wiederholen.«

»Aber wenn's mich doch nun mal nichts angeht.«
Mit dem Kichern hatte sich Alex' Miene verdüstert.
»Sie können mich doch nicht zwingen, daß irgend-
was irgendeinen Einfluß auf mich hat.«

»Nein, aber du könntest dich vielleicht mal da-
zu zwingen, ein bißchen genauer nachzudenken.
Wie ist das denn zum Beispiel in den Ferien im
Ausland, wenn du den Leuten dort sagst, du seist
Deutscher?«

»Was soll da schon sein? Und selbst wenn was
wäre: Im Ausland sprechen sie ja wohl ausländisch,
also würd ich's eh nicht verstehen.«

Wieder wurde in der letzten Reihe gekichert.

Linde legte die Stirn in Falten und betrachtete
Alex betont verzweifelt. Dabei nahm er aus den
Augenwinkeln Teresas und Jennifers Schmunzeln
über seinen komödiantischen Ausdruck gerne wahr.
Schließlich sagte er seufzend: »Wie wir alle wissen,
lernst du seit der fünften Klasse Englisch, und wenn
deine Erfolge dabei auch bescheiden sein mögen,
so sollte das Gelernte doch ausreichen, um dich im
Zugabteil oder auf dem Campingplatz wenigstens
simpelsätzlich mit jemandem zu unterhalten.«

»Simpel-was?«

»Simpelsätzlich.« Linde sah in Erwartung eines
Lächelns kurz zu Teresa und Jennifer, doch die
Mädchen flüsterten miteinander. »Wie ›grundsätz-

lich‹, nur eben ›simpel‹ wie ›einfach‹. Also: Wie geht's, wo kommst du her, wie ist das Wetter bei euch…«

Alex nickte und sagte in gedehntem, leicht spöttischem Tonfall: »How do you do.«

»Zum Beispiel. Und dann fragen die Leute doch wohl oft: Woher kommst du?«

»Klar. Und dann sag ich Germany, und dann sagen die: O wow, Bayern München, Mercedes, Linde…« Alex hielt inne.

Linde begriff nicht gleich. »Bitte?«

»Ja, ich hab mich am Anfang auch gewundert, aber inzwischen… Ich schwör's, jeder zweite, meistens Professoren, Künstler – so Kluge eben – und natürlich die jungen, hübschen Frauen mit den giganto Sitzpolstern…«

Bei ›giganto Sitzpolstern‹ warf Alex Jennifer einen kurzen Blick über die Schulter zu, und Linde entfuhr es wütend: »Alex! Was soll das?!«

Alex hob abwehrend die Arme. »Soll ich nun erzählen, was passiert, wenn ich im Ausland sage, ich sei Deutscher, oder nicht? Die Leute rufen: Germany! Isn't it the homeland of Joachim Linde, the wonderful wordinventor! Let's say it simpelsätzlich: the greatest guy…«

»Alex! Hör sofort auf mit dem Quatsch!«

Inzwischen wurde wieder gekichert, doch dies-

9

mal in der ganzen Klasse, und Linde besann sich auf seine Position als Notengeber.

»Und jetzt ist Schluß mit den Albernheiten! Wir reden hier über ein äußerst ernstes Thema, und ich möchte euch bitten, euch in der letzten Viertelstunde noch mal zu konzentrieren.«

Die Klasse verstummte. Linde sah reihum in die Gesichter der Schüler, wobei er Alex', Teresas und Jennifers ausließ. Schließlich meldete sich Oliver.

»Ja, Olli?«

»Also mir ist das früher, als ich noch mit meinen Eltern in die Ferien gefahren bin, ganz oft passiert. Was, du bist aus Deutschland, und sofort: ›Heil Hitler‹, ›Schneller, schneller‹, ›Schnitzel‹, ›Faß, Hasso‹, und der ganze Quatsch, wie in Hollywood-Filmen. Heute versuch ich das Thema meistens zu umgehen. Manchmal sag ich sogar, ich sei Schweizer.«

Nach einer kurzen, beinahe feierlichen Pause, in der sich seine Miene für alle sichtbar aufhellte, sagte Linde: »Womit wir bei einer der prägnantesten Auswirkungen des Dritten Reichs auf unser heutiges Leben wären: der Verleugnung – oder besser: Verneblung oder Verschattung – unserer Herkunft. Wir können immer noch nicht wie ein Franzose oder Engländer stolz und froh erklären, woher wir kommen. Nach wie vor müssen wir aufpassen, was wir äußern, um nicht in den großen Nazitopf geworfen zu werden. Selbst wenn wir deklarierte Humanisten und Internationalisten sind, zum Beispiel Greenpeace oder Amnesty International unterstützen und die Welt als eine einzige begreifen, die es für alle Menschen zu retten und zu bewahren gilt – aus der Sippenhaft, in die uns andere Völker seit nun bald sechzig Jahren stecken, kommen wir nur schwer heraus. Das geht so weit, daß …«

»Warum?« unterbrach jemand aus der zweiten Reihe, und Linde, der diese kleine Rede vorbereitet hatte und noch lange nicht an ihrem Ende war, schaute unwirsch auf. Sonja. Wie immer. Stellte er Fragen und forderte zur mündlichen Beteiligung auf – von Sonja kein Wort. Sprach er aber zur Klasse, erklärte etwas an der Tafel oder ließ vorlesen – fast konnte er darauf wetten, daß Sonja dazwischenreden würde. Und oft völlig wirres Zeug. Was, zum Beispiel, hieß denn bitteschön in diesem Zusammenhang »Warum«?

»Sonja, würdest du dich bitte melden, wenn du etwas beitragen möchtest, und warten, bis du drangenommen wirst.«

»Aber wenn Sie so ewig reden und eins aufs andere aufbauen und ich schon am Anfang nicht glaube, was Sie sagen – ich meine, Deutschland ist doch 'n Land und hat 'ne Geschichte, und wenn ich nun mal hier geboren bin, dann habe ich eben damit zu tun. Darum muß ich doch nichts verleugnen. Ich hab mir meinen Geburtsort ja nun bestimmt nicht ausgesucht.«

»Siehst du ...« Linde lächelte triumphierend. Darauf konnte er Sonja problemlos entgegnen. Das war nicht immer so. »Und trotzdem wirst du in Sippenhaft genommen.«

»Werd ich ja gar nicht! Sippenhaft! Weiß gar nicht, was Sie damit meinen. Und wenn ich an Olivers Eltern denke, fällt mir auch sofort Wurst und Heil Hitler ein.«

»Eh, du blöde Hippieschlampe!«

»Olli!«

»Na, sie hat doch angefangen!«

»Immer mit der Ruhe. Also, Sonja, dann erklär mir doch mal den Widerspruch, daß du eben noch gesagt hast, du hättest etwas mit diesem Land zu tun und andererseits behauptest, du wüßtest nicht, was ich meine, wenn ich von Sippenhaft spreche?«

Was fiel ihr denn jetzt ein, ihn anzugucken, als hätte er nicht mehr alle Tassen im Schrank?

»Meinen Sie mit Widerspruch Widerspruch im üblichen Sinne, nämlich daß sich was widerspricht, oder ist das wieder so eine witzige Wortspielerei?«

Linde sah in die ihn nun völlig ausdruckslos betrachtenden Augen. Mit beherrschter Stimme sagte er: »Ich meine den Widerspruch, wie er im Duden steht.«

»Tja dann… Mit dem Land, in dem man geboren ist, hat ja nun jeder zu tun, und Deutschland hat eben eine besonders beschissene Geschichte, das kann man ja nicht wegzaubern, und darüber wird geredet, und ich finde, sechzig Jahre sind auch keine Zeit, um über was wegzukommen, was so ungeheuerlich war und soviel zerstört hat. Bei Amerika, zum Beispiel, denkt man ja auch nicht nur an Madonna und unbegrenzte Möglichkeiten, sondern auch an Indianer und Sklaverei, und zu Recht, denn das hat ja bis jetzt Auswirkungen.«

Sonja machte eine Pause, die Oliver nutzte, um für alle deutlich hörbar zu murmeln: »Sonja Kaufmann – unsere Negerseele.«

Linde schwieg.

Ungerührt fuhr Sonja fort: »Trotzdem seh ich, wenn ich einen kennenlerne, in einem weißen Amerikaner ja nicht den Sklaventreiber – außer eben, er führt sich so auf, daß ich denken muß: Genau solche werden es wohl damals gewesen sein. Und je weniger er davon wissen will, desto besser paßt er in die Rolle, denn warum sollte einer, der vor sich selber, was solche Schweinereien betrifft, keine Angst haben muß, über die Schweinereien nicht reden wollen…«

Linde unterbrach: »Bitte, Sonja, Amerika und solche Theorien sind ja sehr interessant, aber würdest du jetzt bitte auf meine Frage zurückkommen.« Linde hatte keine Ahnung, wovon Sonja eigentlich sprach. In zehn Minuten begann das verlängerte Wochenende, und er wollte die Stunde mit einer bestimmten These und einer damit verbundenen Hausaufgabe abschließen.

Sonja verzog entnervt den Mund und verstummte. Linde beugte den Kopf vor und legte erneut auf komödiantische Art die Stirn in Falten. Er benutzte diesen Ausdruck oft. »Sonja?«

»Na gut«, antwortete sie, ohne aufzusehen, »dann ganz einfach: Wenn solche Leute wie Oliver und seine Eltern sich 'ne Deutschlandfahne aufs Auto kleben und jeden, der ihnen mißfällt, anschauen, als wollten sie ihn am liebsten erschießen, und über ihr Land, das sie angeblich so sehr lieben, nur zu sagen wissen, daß es schön und sauber ist, daß gut gearbeitet wird und von mir aus noch Goethe und Schiller – wenn also solche Leute sich in Frankreich oder sonstwo aufführen, als hätte es Auschwitz nicht gegeben, und da ist dann einer, der zum Beispiel seine Großeltern nicht kennenlernen konnte, weil vielleicht Olivers Großeltern sie ermordet haben, dann haben sich Leute wie Oliver und seine Eltern doch von sich aus für eine Sippe entschieden, die ja nun zum allergrößten Glück in Haft genommen wird – selbst wenn Haft doch ein komisches Wort dafür ist, in einem der reichsten Länder der Welt zu leben, alle paar Jahre ein neues Auto zu fahren und so dumm und grausam bleiben zu können wie man will, ohne nämlich tatsächlich eingesperrt zu werden.«

»Weißt du, was du bist?!« Oliver hatte sich über den Tisch in Sonjas Richtung gebeugt, und sein Gesicht war rot angelaufen. »Eine widerliche linke Zecke, und ich bin bestimmt kein Nazi, aber deine Großeltern hätten sie von mir aus gerne mitvergasen können, dann müßten wir uns heute nicht diesen Scheißdreck anhören!«

»Na, aber Olli…!« Linde schaute bestürzt.

»*Sie* will mich doch ins Gefängnis stecken!«

Linde sah zwischen den beiden hin und her, wußte nicht, wie er reagieren sollte, bis es aus ihm herausplatzte: »Das ist doch völlig unerheblich! In meinem Kurs wird niemandem die Vergasung gewünscht! So eine Ungeheuerlichkeit! So was habe ich noch nicht erlebt!« Und die Hände beschwörend erhoben, wiederholte er: »Ungeheuerlich! Und darum verläßt du jetzt auch sofort den Raum! Wir sprechen später miteinander! Das wird auf jeden Fall Konsequenzen nach sich ziehen!«

Für ein paar Sekunden herrschte Stille. Lindes

wütender Blick verharrte auf Oliver, Oliver sah zu Boden, und die meisten Schüler schauten ratlos. Dann stand Oliver auf, und die Klasse verfolgte, wie er mit versteinertem Gesicht Hefte und Bücher in seine Tasche schob, den Reißverschluß seiner Sportjacke zuzog und mit steifen Schritten zur Tür ging. Die Klinke in der Hand, drehte er sich noch mal um.

»Ich finde das ziemlich unfair, Herr Linde. Ich hab das doch nur gesagt, weil sie behauptet hat, meine Großeltern seien Mörder. *Sie* hat's doch auf so 'ne Ebene gebracht. Und da hab ich halt auf dieser Ebene reagiert. Aber doch nicht ernst gemeint.«

»Das hoffe ich sehr, Olli. Trotzdem werden wir darüber sehr ernsthaft reden müssen.«

»Klar.«

»Oliver?«

Linde fuhr herum. Sonja! Jetzt bitte keinen Ärger mehr. Doch bevor er etwas sagen konnte, fragte sie: »Was waren deine Großeltern denn?«

Oliver sah Sonja einen Moment lang stumm an. Dann antwortete er: »Mein Opa ist als ganz normaler Soldat in Rußland gefallen, und meine Oma hat alleine vier Kinder durchbringen müssen.« Er machte eine Pause, ehe er in bitterem Ton hinzufügte: »Der jüngste Bruder meines Vaters ist dabei an Hunger gestorben.« Daraufhin stieß er, ohne eine

Reaktion abzuwarten, die Tür auf und trat hinaus auf den Flur. Die Tür fiel zu, und die Blicke sämtlicher Schüler, bis auf Sonjas, die vor sich hin starrte, richteten sich auf Linde. Linde spitzte die Lippen, kratzte sich am Kinn, sah zu Boden, ging ein paar Schritte, sah wieder auf, nickte stumm vor sich hin, verschränkte die Arme und wandte sich schließlich an die Klasse: »Damit wir uns da einig sind: Ollis Sätze sind das Schlimmste, was ich je in einem Klassenraum zu hören bekommen habe, und mit nichts zu entschuldigen. Und ich wünsche mir, daß jeder von euch, der mit Olli zu tun hat, ihm deutlich macht, daß so ein Verhalten unter gar keinen Umständen zu tolerieren ist.« Linde seufzte tief und schüttelte den Kopf. »Ich bin wirklich erschüttert.«

Die meisten Schüler nickten. Lucas, ein ausgezeichneter Musiker mit Problemen in sämtlichen anderen Fächern, der um sein Abitur bangen mußte, sagte gerade so leise, daß man glauben konnte, er spräche zu sich selbst: »Und dabei lief's die ganze Zeit so gut mit der Vergangenheitsbewältigung.«

Linde beachtete ihn nicht. Er blieb noch einen Moment lang stehen, dann ging er hinter seinen Tisch, setzte sich schwerfällig, faltete die Hände über der Platte und beugte sich leicht vor. Sein Blick fiel auf Sonja. Zögernd sagte er: »Trotzdem müssen wir wohl einsehen, daß die Geschichte von Ollis Großeltern zeigt, wie kompliziert das Thema ist.«

»Was ist denn daran kompliziert?« fragte Sonja unwirsch. »Im Krieg sterben Soldaten und wird gehungert. Es geht ja wohl darum, wie es zum Krieg kommt.«

Linde befeuchtete sich mit der Zunge die Lippen. »Aber ein individuelles Leid kannst du den Leuten doch kaum absprechen?«

»Nö«, Sonja kratzte sich mit einem Kugelschreiber im Ohr. »Aber Nazileid find ich gut.«

Ein Prusten ging durch die Reihen der Schüler, und alle waren froh, daß die betretene Stimmung ein Ende hatte. Teresa, die Klassenbeste, meldete sich mit Fingerschnipsen. Linde nickte ihr zu.

»Weißt du, Sonja, was du nicht begreifen willst: daß wir natürlich alle gegen Nazis sind. Sogar Oliver. Diesen Unsinn hat er doch nur gesagt, um zu provozieren. Trotzdem muß man differenzieren. Du machst es dir einfach: da die Bösen, hier die Guten. Aber so funktioniert das nicht. Wenn wir wirklich was verstehen wollen, dann müssen wir versuchen, alle Seiten zu sehen. Und eine Seite ist nun mal – da kannst du noch so lange behaupten, bei dir sei das anders –, daß die Deutschen und sogar noch unsere Generation, und zwar Leute, die mit Faschismus nun wirklich nichts zu tun haben, damit umgehen müssen, daß ein großer Teil der Welt sie immer noch zuallererst als Vertreter eines Volks sieht, das sechs Millionen Juden umgebracht hat.«

»Und Roma, Homosexuelle und Behinderte«, sagte Jennifer und schüttelte den Kopf wie ein Fußballtrainer, der seine Mannschaft zum x-ten Mal den gleichen Fehler machen sieht.

»Aber…«, setzte Sonja an und betrachtete das Ende ihres Kugelschreibers, »…ich krieg hier seit Beginn des Kurses immer nur mit, wie eine Seite gesehen wird, nämlich die der armen, zu Unrecht verurteilten Deutschen. Abgesehen davon: Wenn ihr alle nicht dauernd sagen würdet, daß ihr bestimmt keine Nazis seid, dann könnt man's euch vielleicht sogar glauben.«

Linde runzelte die Stirn – was sollte denn das jetzt? – und sah unauffällig auf die Uhr.

Teresa erwiderte: »Du tust ja gerade so, als könnte es so was wie die Nazis noch mal geben. So was Verrücktes.«

Sonja sah sich zu Teresa um. »Weil die Menschen aus Katastrophen lernen und darum immer klüger und besser werden?«

Das ist doch reine Rhetorik, dachte Linde. Und in Anbetracht der noch verbleibenden Unterrichtszeit und im Hinblick auf die Hausaufgabe, die er stellen wollte, sagte er: »Wartet mal.«

Teresa und Sonja schauten auf. Linde lächelte beiden zu. »Das ist sicher eine spannende Diskussion, aber führt doch jetzt leider etwas zu weit. Trotz des Zwischenfalls mit Olli möchte ich euch bitten, euch in den letzten fünf Minuten noch mal auf unser Thema zu besinnen und mit der Frage zu beschäftigen, welche Auswirkungen das Dritte Reich auf euer Leben heute hat.«

Doch nach all der Aufregung und kurz vor Beginn des Wochenendes war die Konzentration der Klasse hin. Keiner der Schüler reagierte. Viele sahen auf die Uhr, begannen, Bücher und Hefte in die Taschen zu stecken, oder schalteten Handys an. Teresa schüttelte den Kopf, während Jennifer ihr etwas zuflüsterte. Sonja kratzte sich wieder mit dem Kugelschreiber im Ohr.

»Nun…«, Linde preßte die Lippen zusammen. Hier war wohl nichts mehr zu machen. Trotzdem wollte er den Unterricht so nicht beenden: irgendwie angeschmiert. Als trage er die Schuld für Olivers Aussetzer. Nachher hieß es noch, das Ganze sei nur passiert, weil er die Klasse nicht im Griff habe. Dabei: Wer hatte denn auf Teufel komm raus provoziert und alles erst ins Rollen gebracht?

»Also gut«, sagte er einlenkend, »ihr brennt darauf, ins Wochenende zu kommen, und, ehrlich gesagt, ich auch. Trotzdem würde ich mich, nachdem es eben so hoch hergangen ist, über ein versöhnliches Schlußwort sehr freuen.« Er sah von einem Schüler zum anderen, bis er sich, als folge er einer plötzlichen Eingebung, unvermittelt an Sonja wandte: »Und da du, Sonja, dich heute so engagiert beteiligt hast, möchte ich das gerne dir überlassen.«

Sonja sah, den Kugelschreiber im Ohr, überrascht auf. Linde lächelte ihr freundlich zu und machte eine auffordernde Geste. »Bitte.«

Ohne Linde aus den Augen zu lassen, nahm Sonja den Kugelschreiber aus dem Ohr und legte ihn auf den Tisch. »Was meinen Sie mit versöhnlich?«

»Wie's im Duden steht, mein ich's.« Lindes Lächeln wurde noch um eine Spur freundlicher. Er wollte Sonja nicht vorführen, aber in gewisser Hinsicht war es ihre Stunde gewesen, fand er, und so sollte die Stunde auch im Gedächtnis der Schüler bleiben.

»Aha.« Sonja senkte den Blick, und einen Augenblick lang schien es, als wollte sie einfach verstummen. »Ich weiß, was versöhnlich heißt, aber was Sie jetzt hören wollen, weiß ich nicht. Doch auf Ihre eigentliche Frage, welchen Einfluß die Nazizeit auf unser Leben hat, da kann ich Ihnen, jedenfalls was mich betrifft, schon noch was antworten.«

»Nur zu«, sagte Linde, wobei er sich fragte, ob es nicht doch besser gewesen wäre, den Unterricht kurz und knapp zu beenden.

»Wie manche von euch wissen, will ich Filmregisseurin werden.«

An mehreren Tischen wurde aufgestöhnt oder gekichert. Einer zischte: »Sonja, allein zu Haus.« Ein anderer: »Manche mögen Scheiß.«

Sonjas Hände klammerten sich an die Sitzfläche ihres Stuhls, und ihre Augen fixierten einen Punkt auf der Tischplatte vor ihr. »Und je mehr ich mich damit beschäftige, desto mehr merke ich, wie mir meine deutschen Lehrer fehlen. Aber auch Freunde und Leute, mit denen ich wahrscheinlich zusammengearbeitet hätte, die gar nicht erst geboren werden konnten, weil ihre Eltern entweder ermordet worden oder weggegangen sind. Das, was mich interessiert – Filme, Bücher, Musik und die Leute, die damit zu tun haben –, ist doch in Deutschland Schrott seit den Nazis.«

»Aber Sonja!« Mit so einer Hokuspokus-Theorie hatte Linde ja nun überhaupt nicht gerechnet. Was ging nur im Kopf dieses Mädchens vor! »So kannst du das doch nicht sagen. Ich meine, es gibt schließlich eine Kinogeschichte nach fünfundvierzig. Von Fassbinder über Wenders bis zu den vielen neuen jungen Regisseuren, die in den letzten

Jahren mit wunderbaren Komödien für Furore gesorgt haben.«

»Grauenhaft«, sagte Sonja, »und außerdem wollten Sie doch wissen, welche Auswirkungen die Nazizeit auf mein Leben hat, und ich sehe nun mal, daß es da, wo ich bin oder hinwill, in Deutschland leer ist und vor dreiunddreißig voll war.«

»Weil da, wo du bist, alle 'n Bogen drum machen«, zischte es aus der Ecke.

Linde räusperte sich. »Nun ja, wenn das dein Gefühl ist. Dagegen kann man wohl schlecht argumentieren.« Dabei schoß ihm durch den Kopf, ob Sonja vielleicht Jüdin sei. Aber davon hätte er doch gehört. Kaufmann – klang das jüdisch? Sie war erst vor einem halben Jahr ans Schiller-Gymnasium gekommen, und es war ihr erster Kurs bei ihm. Um Gottes willen, jetzt bloß nichts Falsches sagen.

»Auf jeden Fall ist dein Beitrag sehr interessant. Und in gewissem Maße bin ich sogar deiner Meinung. Nicht vollkommen, aber da ist auf jeden Fall etwas dran, und darüber sollten wir in einer der nächsten Stunden noch mal reden. Jetzt allerdings möchte ich zu unserer Hausaufgabe kommen…«

»Ist doch totaler Scheiß!«

Linde wandte erschrocken den Kopf. Am Fenster war Cornelius aufgestanden. Ein Freund seines

Sohnes, begabter Aufsatzschreiber, Schülerparlamentsmitglied, Handballspieler, Amnesty-International-Mitarbeiter, zweimalige Verwarnung wegen Kiffens, Vater Anwalt.

»Das hör ich mir doch nicht an!«

»Bitte, Conni, würdest du hier nicht so rumschreien!« Linde wurde gegen seinen Willen laut. Was war das bloß für eine Stunde! Er wollte nur noch so schnell wie möglich ins Wochenende.

»Aber da wird man doch irre!« Cornelius' ausgestreckter Zeigefinger schoß auf Sonja zu. »Du redest hier von irgendwelchen phantasierten Freunden und Lehrern, die dir fehlen, weil vor über einem halben Jahrhundert möglicherweise deren Vorfahren umgebracht worden sind! Und was ist mit den Freunden und Lehrern, die heute umgebracht werden?! Und was tust du dagegen?! Guck doch mal Nachrichten! Guck mal, was zum Beispiel in Israel los ist! Da werden jeden Tag Familien, Kinder, Frauen, ganze Dörfer massakriert! Es ist doch unglaublich, noch heute immer wieder über die armen Juden zu reden, während Juden zur selben Zeit den größten Staatsterrorismus aufziehen! Frag mal einen Palästinenser, was er von deiner so vermißten Kulturschickeria hält!«

Sonja starrte ihn mit offenem Mund an. Linde sah zwischen ihr und Cornelius, der so herausfordernd dastand und dreinblickte, als spiele er in einer Schultheateraufführung einen französischen Revolutionär, hin und her. Schließlich sagte Linde: »Jetzt hab ich aber genug! Die Hausaufgabe bis nächsten Mittwoch lautet: Wie kommt Deutschland aus der Naziecke? Ihr könnt die Frage in einem Aufsatz beantworten, mit einem Thesenpapier, einer kleinen Erzählung oder sogar mit einer Rede. Formal habt ihr völlig freie Hand. Ich zähle auf eure Phantasie. Und bis dahin wünsche ich euch ein schönes verlängertes Wochenende.«

»Gleichfalls, Herr Linde«, tönte es aus verschiedenen Mündern, während die ersten zur Tür eilten.

Linde beugte sich unter den Tisch, um nach seiner Ledertasche zu greifen, und hoffte, daß Cornelius und Sonja den Klassenraum verlassen würden, solange er wegtauchte. Er ließ sich Zeit, kramte in der Tasche, horchte auf Schritte, Sätze und Gelächter, bis der letzte hinaus auf den Flur getreten zu sein schien, schloß die Tasche, hob den Kopf und sah über die Tischkante. Er atmete erleichtert auf. Der Raum war leer.

2

Linde fuhr sich mit dem Finger über die Mund-
winkel, um eventuelle Speichelreste zu ent-
fernen, strich eine Haarsträhne aus der Stirn und
rückte den Hemdkragen zurecht. Dann trat er ins
Sekretariat und warf der Frau hinterm Computer
ein aufgeräumtes »Hallo, Frau Sörensen« zu. Ohne
eine Miene zu verziehen, sah Katja Sörensen kurz
am Bildschirm vorbei, und Linde wandte sich
schnell zur Tür des Schulleiters.

Wie immer vor einer Begegnung mit Katja hatte
er sich vorgenommen, gelassen zu bleiben, und wie
fast jedesmal empfand er es wie einen Schlag ins
Gesicht, daß sie ihn nicht endlich wieder wie einen
normalen Menschen behandelte. Zweieinhalb Jahre
war es nun her, daß er sich bei der Weihnachtsfeier
für einen Augenblick vergessen hatte. Dabei waren
sie schon lange beim herzlichen Du und Wie gehts?
gewesen, und er wollte bei der Feier nur einfach
noch ein kleines Stück weiterkommen. Wie das bei
solchen Anlässen eben lief. Er war ihr – und zwar

nach einem sehr augenzwinkernden Lächeln ihrerseits – zur Toilette gefolgt und hatte ihr in einem albernen, überdrehten Moment beim Handgemenge das Schmuckarmband zerrissen. Weiter war nichts passiert, und an dem bißchen trug allein die von den Referendaren mit übermäßig viel Rum gemixte Bowle Schuld. Katja hatte ja auch sofort eingewilligt, den Vorfall zu vergessen. Doch seitdem wurde er von ihr so gut wie nicht beachtet, und in Gesellschaft führte das manchmal zu leicht peinlichen Situationen – auch wenn er inzwischen mit mehr oder weniger indirekten Anspielungen dafür gesorgt hatte, daß ein Großteil der Lehrerschaft überzeugt war, Katja und er hätten was miteinander gehabt. Da Katja seit zwanzig Jahren mit einem Gärtner verheiratet war, Vertreter einer sozialen Schicht, die von ihm und den meisten seiner Geistes- und Naturwissenschaftler-Kollegen nicht gerade als prickelnd empfunden wurde, glaubten viele an einen erotischen Ausflug Katjas in die Arme eines Mannes mit Esprit und Bildung nur allzu bereitwillig. Außerdem sah er sicher nicht schlecht aus, pflegte sich, trieb Gymnastik, ging mit der Mode, und im Grunde war ihm noch immer unklar, was Katja auf der Toilette eigentlich dazu bewogen hatte, so ein Theater zu veranstalten.

Linde hob die Hand, um an die Tür des Schulleiters zu klopfen, ehe er sie wieder sinken ließ und sich noch mal umdrehte. Frau Sörensen tippte.

»Frau Sörensen… Katja…«

Sie sah nicht auf.

Vielleicht, weil er die Unterrichtsstunde eben als Scheitern empfunden hatte und nun einfach irgendein Gelingen verbuchen wollte, sagte er: »Ich habe mich schon hundertmal entschuldigt, und ich tue das gerne auch noch weitere hundertmal. Aber bitte, mach mir ein bißchen Hoffnung, daß wir eines Tages wieder einigermaßen zivilisiert miteinander umgehen.«

Ohne im Tippen innezuhalten oder den Blick von der Tastatur zu nehmen, antwortete Frau Sörensen: »Bitte duzen Sie mich nicht, Herr Linde.«

Linde starrte sie einen Moment lang an, dann wandte er sich ruckartig um und klopfte hart gegen die Tür.

»Herein.«

Linde stieß die Tür auf und trat ins Büro. Hinter einem mit Akten und Heften überladenen Schreibtisch saß, eine selbstgedrehte Zigarette rauchend, Schulleiter Doktor Gerhard Bruns und ließ eine Illustrierte sinken.

»Ach, Joachim. Ich dachte, du bist schon auf dem Weg nach Berlin.«

Linde zog die Tür zu und setzte ein erschöpftes

Lächeln auf. Dabei war ihm der Unwille in Bruns Ton nicht entgangen.

»Ich muß auch gleich los«, sagte er, »mein Zug geht in einer Stunde. Leider muß ich dir vorher noch schnell berichten, was eben in meinem Unterricht vorgefallen ist und worüber wir möglicherweise mit Olli Jonkers Eltern reden müssen.«

»Hmhm.«

Zum deutlichen Zeichen, daß er nicht lange gestört werden wollte, behielt Bruns die Illustrierte in der Hand und betrachtete Linde mit seiner üblichen kalten Unneugierde.

Erst der Haß Sörensens, jetzt die Verächtlichkeit Bruns'. Nach zwanzig Jahren am selben Gymnasium, so dachte Linde nicht zum erstenmal, schien jede Beziehung innerhalb der Schule nur noch ein zielloses Gekrieche unter einem riesigen Sack voll Wunden und Kellerleichen zu sein. Und dabei hielten Bruns und er es gewissermaßen für abgemacht, daß zwischen ihnen eine Art Freundschaft bestand – auch wenn ihnen beiden wohl klar war, daß dazu im wesentlichen die Umstände und ein Mangel an besserer Erfahrung geführt hatten. Trotzdem: Sie waren sich beim Studium in Frankfurt öfter begegnet, und als sie sich Anfang der Achtziger im Schiller-Gymnasium wiedertrafen, begannen einige Jahre mit gemeinsam verbrachten Wochenenden, nächtlichen Rotweingelagen, vertraulichen Gesprächen und hochfliegenden Lebensplänen. Nach etwa einem Jahr heiratete Linde Ingrid, eine Referendarin, und Bruns, obwohl Jungs zugetan, wenig später Vera, eine Kunstlehrerin. Bruns' Ehe mit Vera hielt drei Jahre, anschließend kaufte er sich einen Hund und wurde zwei Jahre später Schulleiter. Währenddessen bekamen Linde und Ingrid Pablo und Martina, Ingrid kündigte ihre Stelle und schickte sich erst in ein möglichst perfektes, von Unmengen Fachliteratur flankiertes Mutterdasein, später in Depressionen. (Bruns war sogar einer der wenigen, mit dem Linde hin und wieder über Ingrids Zustand sprach, wobei sie sich einig waren, daß der Auslöser ihrer Depressionen zu gleichen Teilen in einer Unfähigkeit im Umgang mit Realitäten, einer schwierigen Kindheit und physischer Disposition lag.) Trotz dieses Umstands, so spürte Linde immer wieder, beneidete Bruns ihn um die häusliche Situation mit Kindern, Ehe und Grillabenden, während Linde sich immer noch fragte, warum nicht er Schulleiter geworden war.

Linde legte eine Hand auf die Lehne des Besucherstuhls. Ohne Aufforderung würde er sich nicht setzen. »Du weißt, ich gebe gerade einen Kurs ›Deutsche Nachkriegsschriftsteller und ihre Auseinandersetzung mit dem Dritten Reich‹.«

»Hmhm.«

»Nun, und da ist es zu einer ziemlich hitzigen Diskussion zwischen den Schülern gekommen, bis Olli wünschte, die Großeltern einer Mitschülerin, Sonja Kaufmann, wären vergast worden, dann müßte man sich heute nicht mit ihr rumärgern.«

Bruns stutzte, nahm die Selbstgedrehte aus dem Mund, und die Andeutung eines ungläubigen Lächelns ging über seine Lippen. Dann fragte er ernst: »Ist nicht wahr?«

Linde zuckte mit den Achseln. »Leider doch.«

Endlich schloß Bruns die Illustrierte, legte sie auf den Tisch und beugte sich vor. »Ganz sicher werden wir mit den Eltern reden, und auch sonst: Das muß Folgen haben, und zwar öffentlich. Wie steht denn die Schule da, wenn das bekannt wird. Die Schüler reden doch zu Hause, und nachher kommt's womöglich noch in die Presse, von wegen: Neonazis am Schiller-Gymnasium. Dem müssen wir auf jeden Fall zuvorkommen.«

»Das denke ich auch.«

»Gut, daß du mir gleich Bescheid gesagt hast. Ich werde für nächsten Montag eine außerordentliche Konferenz ansetzen.«

»Am besten, du gibst schon jetzt das Thema bekannt, dann kann uns keiner was.«

»Ganz genau.« Bruns zog an seiner Selbstgedrehten und schüttelte den Kopf. Bis wieder die Andeutung eines Lächelns über seine Lippen huschte. »Aber diese Sonja Kaufmann, die ist vielleicht auch eine Nervensäge.«

»Na gut, trotzdem…«

»Ja, ja, schon klar. Ich mein ja nur.«

»Übrigens«, Linde schob die Hände in die Hosentaschen, »du weißt nicht zufällig, ob sie Jüdin ist?«

»Sonja Kaufmann? Du meinst wegen…« Bruns warf Linde einen prüfenden Blick zu. Dann schlug er einen Ton an, bei dem offenblieb, ob er Linde veralberte oder mit ihm gemeinsam scherzen wollte. »Wegen des Namens? Kaufmann, Geschäftemann?«

Sofort war Linde auf der Hut. Nicht selten machte Bruns sich einen Spaß daraus, ihn in irgendwelche Fallen zu locken. Ungerührt antwortete er: »Nein, daran habe ich nun wirklich nicht gedacht. Sondern wegen ihres außergewöhnlichen Engagements heute im Unterricht.«

»Ach so.« Die Amüsiertheit verschwand aus Bruns' Ton, und er schaute gereizt. Linde kannte diesen Ausdruck. Schon oft hatte ihm Bruns im betrunkenen Zustand vorgeworfen, er sei ein humorloser Spießer.

Während Bruns nach einem Aktenordner auf seinem Tisch griff, sagte er: »Nicht daß ich wüßte.

Aber selbst wenn, würde das irgendeinen Unterschied machen?« Er legte den Aktenordner vor sich hin, hob den Blick und sah Linde spöttisch an.

»Nein, nein«, beeilte sich Linde, »ich hab nur überlegt…«

»Hmhm.«

»Tja dann… ich muß los.«

»Joachim, ich wünsch dir viel Spaß.«

»Danke, werd ich haben.«

»Und Montag bist du doch bestimmt wieder da? Weil für die Konferenz brauchen wir dich natürlich.«

»Versprochen.«

»Also: Mach dich auf die Socken!«

»Schluß mit Hocken, auf die Socken, hin zum Blocken!«

Sie lachten. Es war einer der Sprüche, die sie als junge Lehrer Anfang der Achtziger bei Demonstrationen und Straßenblockaden gegen den Ausbau des Frankfurter Flughafens skandiert hatten.

Immer noch lachend kam Linde aus Bruns' Büro, »Ein wunderschönes Wochenende, Frau Sörensen«, und verließ das Sekretariat.

3

Linde fuhr den Toyota in die Garage und schloß das Tor. Die paar hundert Meter zum Bahnhof wollte er zu Fuß gehen. Dann lief er ins Haus und beeilte sich, aus den Kleidern und unter die Dusche zu kommen. Anschließend zog er Jeans und ein frisches T-Shirt an, beugte sich über die Sockenkiste, zögerte einen Augenblick und griff dann mit verschmitztem Lächeln nach einem Paar rotweißer Ringelsocken. Warum denn nicht? Schließlich blieb er seit Monaten das erste Mal ohne Familie über Nacht von zu Hause weg. Drei Tage lang unbeobachtet, unkontrollierbar, für nichts zur Rechenschaft zu ziehen. Ein bißchen was Keckes in der Garderobe konnte da nicht schaden. Schon jetzt fühlte er sich zu allen Abenteuern bereit.

Die Ringelsocken hatte ihm seine Tochter vor vier Jahren zum Geburtstag geschenkt. Es war Martinas Zirkusphase gewesen, mit Clownplakaten, schwarzen Flohmarkt-Fräcken, Jonglierbällen und dem Wunsch, Tierpflegerin zu werden. Damals dachte Linde, die Socken seien Ausdruck für Martinas Wunsch, er möge ihr Zirkusdirektor sein. Bisher hatte er die Socken erst zweimal getragen. Einmal an Martinas Geburtstag, das zweitemal, als er die alleinerziehende Mutter eines Schülers besuchte. Der Schüler lief Gefahr, wegen mangelhafter Leistungen nicht in die zwölfte Klasse versetzt zu werden. Eine gute Deutschnote hätte ihm aus dem Gröbsten rausgeholfen, und die junge alleinerziehende Mutter war Linde bei Elternabenden und auf dem Schulhof schon öfters aufgefallen. Mit den Ringelsocken wollte er dem Treffen eine leichte, spielerische Note verleihen. Doch statt der Mutter öffnete ein Mann die Wohnungstür, unrasiert und mit einer Zigarette zwischen den Lippen, sagte, Illona habe leider zur Arbeit gemußt, aber Linde könne Adams Schulprobleme ebensogut mit ihm besprechen. Das tat Linde dann auch, wobei er unentwegt an seinen Hosenbeinen zog und zupfte. Unter Männern empfand er Ringelsocken als lächerlich. Doch alles Geziehe und Gezupfe nützte nichts, am Ende fragte der Mann belustigt, warum er denn diese komischen Socken trage. Auf dem Heimweg entschied Linde, daß Adams Schulprobleme von einem ungeordneten Elternhaus herrührten und daß er darum einer Versetzung Adams in die zwölfte Klasse nicht zustimmen könne: Besser ein Warnschuß zur rechten Zeit als zuzusehen, wie der Lebenswandel der Mutter Adam um sein Abitur und dadurch womöglich um seine gesamte Zukunft brachte.

Linde zog die Socken an und schlüpfte in ein Paar bunte amerikanische Turnschuhe. Als er sich anschließend im Schrankspiegel betrachtete, dachte er, daß er noch leicht als Mitte dreißig durchgehen konnte.

Er ging ins Wohnzimmer, schloß seinen Rucksack, sah auf die Uhr – in einer halben Stunde mußte er los –, schrieb eine Nachricht für seinen Sohn – *Lieber Pablo, ich hoffe, du hattest eine erfolgreiche Demonstration, treib es am Wochenende wild, bin Sonntag gegen achtzehn Uhr zurück, alles Gute, dein Joachim* –, ging in die Küche, heftete den Zettel samt einem 10-Euro-Schein – war das zuviel? – mit einem Magnet an den Kühlschrank, stand einen Moment unschlüssig – sollte er schon zum Bahnhof laufen? –, ging zurück ins Wohnzimmer zum CD-Player und legte die neue *Buena Vista Social Club* auf. Seine momentane Lieblings-CD. Schon während des Studiums hatte er meistens kubanische Musik gehört, und bis heute sammelte er kubanische Platten und CDs. Zu Beginn ihrer Beziehung hatte Ingrid das ganz außergewöhnlich gefunden, und oft waren sie Samstag abends zu einem kubanischen Club in Frankfurt gefahren, hatten Mojitos getrunken und die Nacht durchgetanzt. Sogar ihre Hochzeitsreise sollte nach Kuba gehen. Doch dann hatten Ingrids Eltern – Apothekenbesitzer in Darmstadt – so heftig damit gedroht, sämtliche Beziehungen abzubrechen, sollte ihre Tochter auf die kommunistische Insel fliegen, daß sich Linde schließlich zu Venedig überreden ließ.

Inzwischen haßte Ingrid die Musik. Wie überhaupt alles, so kam es Linde vor, was auch nur entfernt mit Lebensfreude und Genuß zu tun hatte. Knäckebrot, Klavierkonzerte, Fettcreme im Gesicht, Pullover, die einer Kuh gepaßt hätten, und im Fernsehen Spielfilme über krebskranke Frauen – das war seit ein paar Jahren mehr oder weniger Ingrids Welt. Oder die Klinik. Dienstag hatte Linde sie hingebracht, nachdem er in der Nacht zuvor gegen vier Uhr morgens aufgewacht war, weil Ingrid Koffer packte. Nicht mit Kleidern und Büchern, um vielleicht ein paar Tage wegzufahren, sondern mit Geschirr und Töpfen, Dosensuppen, Sofakissen, Kerzenständern, Teppichen und dem Fernseher. Als Linde sie ansprach, reagierte sie nicht, und als er sie an den Schultern nahm und zu schütteln versuchte, begann sie zu schreien, um sich zu schlagen und alles in ihrer Nähe Greifbare zu Boden zu schmeißen. Nachdem der Anfall vorüber war, saß sie für die nächsten zwei Stunden in die Sofaecke gekauert, rauchte eine Zigarette nach der anderen, lachte hin und wieder bitter und starrte ansonsten stumm vor sich hin. Gegen halb sieben rief Linde eine Kollegin an, bat sie, ihn im Frühkurs zu vertreten, verfrachtete die inzwischen völlig willen- und kraftlose Ingrid ins Auto und fuhr sie zur Klinik. Erst als Doktor Bauer in der Eingangshalle erschien, kam für einen Moment noch mal Leben in Ingrid. Ohne Punkt und Komma und, wie Linde leicht kopfschüttelnd feststellte, auch ohne jeden vernünftigen Satzbau, begann sie, auf Doktor Bauer einzureden. Ihr Mann habe sie den ganzen Abend mit seiner Musik terrorisiert, sei mehrmals laut singend durchs Wohnzimmer getanzt, habe Alkohol getrunken und alles getan, damit sie sich im Angesicht seines Überschaums noch elender und schwächer als ohnehin fühle.

»Und das nur«, fauchte sie Linde ins Gesicht, »damit ich wahnsinnig werde und du mich einliefern kannst und am Wochenende alleine nach Berlin und ich weggeschlossen, du … du Monster!«

Linde seufzte, lächelte betrübt und sagte zu Doktor Bauer: »Sie hat um vier Uhr morgens angefangen, unsere gesamte Wohnung einzupacken.«

»Ja, das hättest du gerne: mich loswerden, aber alles behalten! Meins ist das!«

Linde lächelte weiterhin betrübt und zuckte mit den Achseln.

»Na, Frau Linde, dann kommen Sie doch jetzt erst mal mit, und wir geben Ihnen etwas, damit Sie ein bißchen schlafen können. Sie müssen nach der Packerei ja ganz müde sein.«

»Ja, müde. Aber nicht vom Packen. Ich bleibe ja nur wegen Pablo. Daß dieses Monster ihn nicht auch noch zerstört!«

Und dann ging Ingrid auf Linde los, und Linde, der diesem neuerlichen Beweis für Ingrids Unzurechnungsfähigkeit nichts von seiner Eindeutigkeit nehmen wollte, ließ sich nahezu bereitwillig ins Gesicht schlagen. Bis Doktor Bauer Ingrids Arme packte und sie davonzog. Über die Schulter nickte er Linde kurz zu, ehe er mit Ingrid im Treppenhaus verschwand.

Auf dem Heimweg sagte sich Linde, daß er das selbstverständlich so nicht geplant hatte, fühlte sich aber im selben Moment erleichtert, daß dem verlängerten Wochenende in Berlin nun nichts mehr im Weg stand. Und Ingrids Vorwurf, er habe sich am Abend zuvor extra lebenslustig gegeben, um ihre Lebensunlust noch deutlicher zu machen? Nun ja, manchmal reizte es ihn tatsächlich, ihr ein bißchen Spaßhaben vorzuführen. Aber was war das anderes als der Versuch, sie daran zu erinnern, daß es noch Existenzformen jenseits des depressiven Dahinsiechens gab? Doktor Bauer war ja auch gar nicht darauf eingegangen. Außerdem hatte er an dem Abend einfach blendende Laune gehabt. Der Anfang des Leserbriefs zur Diskussion über den schädlichen Einfluß von Computerspielen auf Jugendliche war ihm, wie er fand, so vortrefflich gelungen, das hatte er mit einer Flasche Wein feiern müssen. Gleich heute abend wollte er weiter daran arbeiten. Vielleicht gab es ja endlich mal wieder einen Abdruck. Sein letzter veröffentlichter Leserbrief lag schon über ein Jahr zurück. Dafür aber immerhin im *stern*. »Ihre Fotoserie im letzten Heft über die neuste Bademode hat auf mich gewirkt, als habe Michelangelo hinter der Kamera gestanden – Bravo!« Oder so ähnlich. Kein Donnerschlag – das gab das Thema ja auch gar nicht her –, aber immerhin. Der Brief zur Computerspiele-Diskussion war natürlich von einem ganz anderen Kaliber. Daß die Spiele ein großes Problem waren und ein noch viel größeres werden würden, erlebte er schließlich jeden Tag hautnah. Zwölfjährige, die in schwarzer Kampfkluft durch die Schulflure marschierten, Eltern, die nicht mehr wußten, wie sie mit ihren Killerkindern reden sollten, und Pausengespräche, bei denen es ihm die Schuhe auszog: »Hab ich die zehn Typen mit meiner letzten Granate weggehauen«

oder: »Bei dem Spiel kannst du richtig mit dem Messer rein und rumdrehen und so, und das macht dann so ein knatschiges Geräusch.«

Und das fand im Gymnasium statt! Linde mochte sich gar nicht vorstellen, wie es auf Haupt- oder Berufsschulen zuging. Jedenfalls war er zuversichtlich, mit seiner Erfahrung, einer entsprechenden Analyse und einem originellen Vorschlag – er wollte dafür plädieren, an den Schulen Computerspielkurse einzurichten, in denen die Klasse und der Lehrer gemeinsam spielten und anschließend über die Inhalte diskutierten – einen Leserbrief hinzukriegen, der es womöglich in die FAZ oder die *Süddeutsche*, wenn nicht sogar in den *Spiegel* schaffte.

Doch am Abend hatte er sich um Pablo kümmern müssen, der wieder mal von einem Mädchen abgewiesen worden war, Mittwoch hatte er den Deutsche-Nachkriegsschriftsteller-Kurs vorbereitet, und so steckte der Anfang des Leserbriefs nun in seinem Rucksack, und Linde hoffte, in einem gemütlichen Brandenburger Landgasthof die nötige Ruhe zu finden, um ihn zu beenden.

Linde sah auf die Uhr – noch zwanzig Minuten – und drehte die Lautstärke auf. Mit der Musik mitsummend begann er, sich in den Hüften zu wiegen und mit kleinen Schritten durchs Wohnzimmer zu tanzen. So ging das! Cha-cha-cha! Und dann drauf

auf die Señoritas! Das mußte sein Sohn doch mal kapieren. Aber nein, Pablo am Rand der Tanzfläche, eine Apfelsaftschorle in der Hand, unsicher grinsend, die Beine wie verknotet. So hatte es Linde bei verschiedenen Schulpartys immer wieder erlebt. »Trink doch mal ein Bier«, hatte er ihm schon hundertmal geraten, »um ein bißchen lockerer zu werden.«

»Mir schmeckt Alkohol nicht.«

»Dann trink's wie Medizin.«

»Ich bin doch nicht krank.«

Was sollte er darauf sagen? Doch, er fände es krank, wenn ein Neunzehnjähriger noch keinen Geschlechtsverkehr gehabt habe? Ging nicht. Zum Glück gab's Amnesty International. Da schätzten sie ihn. Zumindestens als Organisator und Arbeiter. Keiner stand so lange in Fußgängerzonen, sammelte so viele Spenden, ging so oft zu Demonstrationen. Darum hatte man ihn ja auch schon mit sechzehn zum Bezirksgruppenreferent gewählt. Aber was seine privaten Kontakte in diesem Umfeld anbelangte... Dienstag war es wieder soweit gewesen: Da hatte er seit Wochen ein Auge auf eine gewisse Isabella geworfen, den Namen oft beim Abendessen erwähnt – »Ich geh nachher noch mit Isabella Flugblätter drucken« oder: »Isabella sagt über die iranische Innenpolitik...« und so weiter –

und sich nach einer Besprechung endlich getraut, sie zu fragen, ob sie was mit ihm trinken gehen wolle. Sie willigte sofort ein. (Das erzählte Pablo, als sei das eine Riesenüberraschung gewesen. Ja, um Gottes willen, was sollte denn daran überraschend sein? Pablo sah gut aus, war ein netter Kerl, intelligent, verläßlich – gut, mit dem Humor haperte es ein bißchen, und den Charme hatte er auch nicht gerade erfunden, aber selbstverständlich war er ein Mädchentyp. Und das hatte er Pablo an dem Abend auch so gut wie möglich zu vermitteln versucht: »Sieh mich an, und schließlich bist du mein Sohn: Ich bin auch kein Robert Redford, aber als ich in deinem Alter war, also…«) Jedenfalls waren sie dann ins Café am Markt gegangen, um heiße Schokolade zu trinken. (Falscher Ort, hatte Linde sofort gedacht, in diesen Rentnerladen würde ja nicht mal er gehen und nicht mal mit Ingrid.)

»Doch irgendwie fanden wir kein gemeinsames Gesprächsthema. Ich dachte, wir reden erst mal über unsere Amnesty-Projekte und dann vielleicht, was wir so vorhaben nach der Schule. Aber sie wollte nur – also eigentlich wollte sie nur über die anderen in der Gruppe lästern. Und Lästern find ich Scheiße. Und das hab ich ihr dann irgendwann auch gesagt: ›Hör mal, warum äußerst du deine Kritik nicht, wenn die anderen dabei sind? Ist doch

blöd, hier zu hocken und sich das Maul zu zer-
reißen.‹«

War das eigentlich normal, hatte Linde in diesem Moment überlegt, daß ein Neunzehnjähriger
seinem Vater ein Rendezvous in allen Einzelheiten
schilderte? Wie sollte das werden, wenn Pablo endlich mal mit einer ins Bett käme? Natürlich freute
ihn das Vertrauen seines Sohnes. Trotzdem: Er
kannte Neunzehnjährige, die verrieten ihren Eltern
nicht mal, wo sie die Sommerferien verbrachten.
Und deren Sommerferien waren ganz bestimmt aufregender als Pablos. Dieses Jahr plante er, ein vier-
wöchiges Praktikum in einer Schreinerei zu absol-
vieren. Sogar Ingrid, die ja eigentlich immer für so
was war – mit den Händen arbeiten, Naturstoffe,
Holz –, hatte gefragt, ob er nicht lieber mal mit ein
paar Freunden wegfahren wolle. Ach, hatte Pablo
geantwortet, ihm würde in letzter Zeit immer klarer, daß er eigentlich gar keinen richtigen Freund
habe, jedenfalls nicht das, was er sich unter einem
richtigen Freund vorstelle: einer, mit dem man dis-
kutiert, sich austauscht, gemeinsam Erfahrungen
sammelt, zu neuen Horizonten gelangt und auf
den man in jeder Situation zählen kann. Und nicht
immer nur: wer hat mehr Mädchen am Wochenende gehabt und mehr Drogen genommen.

Zu Lindes Überraschung sagte Ingrid daraufhin,

von ihrer Stickerei aufsehend (ihr neuester Zeitvertreib, Sofakissen mit Schmetterlingen, Käfern, Grashüpfern): »Aber in deinem Alter – ich meine, vielleicht solltest du dir auch mal eine Freundin nehmen. Und dann könntest du mit der wegfahren.«

›Freundin nehmen‹, dachte Linde, ›wenn ich das so formuliert hätte, da wär aber sofort was los gewesen, von wegen Frauen sind doch kein Bier oder Schnitzel.

Und dann Pablo, ganz der Sohn seiner Mutter: »Das ist mir zu wichtig, als daß ich mir da einfach irgendeine *nehmen* könnte.«

Tja, es war ihm zu wichtig! So wichtig, daß er einer kessen, lebenslustigen (so jedenfalls stellte sich Linde jemanden mit dem Namen Isabella vor) jungen Frau erst jeden Spaß nahm (Kritik äußern, wenn die anderen dabei sind – so ein herzensguter Unsinn!), und sie dann nicht mal zur heißen Schokolade einladen wollte.

»…Während ich meinen Teil zahlte, schaute sie plötzlich überrascht, so als sei es ausgemacht gewesen, daß ich für sie mitbezahle. Ich finde, das ist genau das alte Rollenverständnis, wie wir's doch alle nicht mehr haben wollen.«

»Aber Pablo, so ein Mädchen möchte von ihrem Verehrer natürlich auch ein bißchen zuvorkommend behandelt werden.«

»Aber doch nicht auf dieser Ebene. Geld! Das zählt doch nicht.«

»Naja, wenn's nicht zählt…«

»Ich meine, es hat keinen geistigen oder emotionalen Wert. Und darum geht's mir mit einer Frau.«

Wie schon so oft fragte sich Linde, woher sein Sohn bloß dieses gespannte Verhältnis zum Geld hatte. Man konnte Ingrid vieles vorwerfen, Geiz gehörte nicht dazu. Im Gegenteil, früher, als sie noch gemeinsam Freunde besucht hatten, war es oft so gewesen, daß Ingrid zwei oder sogar drei Flaschen Wein als Gastgeschenk mitbringen wollte, oder manchmal einen ganzen Kuchen, und er zur Vernunft hatte rufen müssen: Eine Flasche oder ein halber Kuchen täten es auch, so schnell käme man in den Verdacht, protzen zu wollen.

»…Und überhaupt«, schloß Pablo, »am Wochenende geht sie zu Technopartys, und ich möchte nicht wissen, mit wie vielen die schon im Bett war. Außerdem war sie heute geschminkt und hatte die Nägel lackiert.«

Es war nicht das erste Mal, daß Pablo Einwände gegen Schminke und Nagellack äußerte, und wieder mal wußte Linde, den die Vorstellung einer jungen Isabella mit lackierten Fingernägeln kurz erhitzte, darauf nichts zu erwidern. Eine Weile aßen sie stumm den Gemüseauflauf, den Linde vom Mittagessen aus der Schulkantine mitgebracht hatte. Schließlich erkundigte er sich, wie's denn mit Amnestys Engagement in Israel voranginge. Das war eine Art goldene Regel in der Familie: Wenn nichts mehr ging, sprach man über Politik. In letzter Zeit am liebsten über Israel und die Palästinenser. (Linde, immer noch durchs Wohnzimmer tanzend, erinnerte sich kurz an Cornelius' Auftritt vorhin im Unterricht, und ihm wurde ein bißchen unwohl bei dem Gedanken, wie üblich der Inhalt ihrer politischen Gespräche womöglich war.) Da machte sogar Ingrid mit, und es waren die wenigen Momente, in denen nicht nur Einverständnis zwischen den Lindes herrschte, sondern sogar eine Art Heiterkeit aufkam. Zum Beispiel Pablo: »Die Israelis haben schon wieder ein Kind erschossen.« Daraufhin Ingrid: »Furchtbar!« Daraufhin Linde (bitter grinsend): »Wahrscheinlich in Notwehr.« Daraufhin alle kopfnickend und mit trockenem Lachen: »Jaja…«

Als allerdings in diesem Fall zwei Tage später in der Zeitung stand, der Junge sei mit seinem Vater auf dem Weg zum Milcheinkaufen in einen Schußwechsel zwischen Palästinensern und Israelis geraten, und daß die tödliche Kugel nach ballistischen Untersuchungen von palästinensischer Seite abgefeuert worden sein müsse, erwies sich ein Gespräch über Politik zum ersten Mal nicht als sicheres Pflaster inmitten der Familienkonflikte. Unüblicherweise widersetzte sich Ingrid nämlich der einhelligen Reaktion am Frühstückstisch, wer denn bitte die ballistischen Untersuchungen durchgeführt habe – die Israelis, na klar – also Fälschung.

»Aber«, sagte sie, »so wie's auf dem Foto aussieht, müßten die Israelis ja um die Ecke geschossen haben. Und außerdem: Welcher Vater geht denn mit seinem Sohn wegen Milch mitten in ein Kampfgebiet? Die waren da doch schon seit Stunden am Schießen.«

»Also erst mal…«, Pablo stellte seine Tasse ab und sah seine Mutter streng an. »Das Foto verfälscht natürlich die räumlichen Verhältnisse, und es würde mich nicht wundern, wenn ein Israeli es gemacht hätte.«

»Hier steht *dpa*.«

»Naja, eben.«

»Wieso: naja eben?«

»Na, weil sich hinter *dpa* ja wohl alles verbergen kann.«

»Aber das ist die deutsche Presseagentur, nicht die israelische.«

»Aber Mama!« Pablo seufzte. »Gerade die deutsche Presseagentur: Wir wissen doch, wie bei den Deutschen das schlechte Gewissen nach wie vor eine Rolle spielt.«

»Hmhm«, machte Ingrid unschlüssig.

Linde erinnerte sich, wie er selbst für einen Moment hin- und hergerissen war zwischen seiner grundsätzlichen, mit der seines Sohnes übereinstimmenden Überzeugung, die meisten proisraelischen Meldungen seien von den Israelis selber, den Amerikanern oder sonstwem manipuliert, und dem Gefühl, Pablos Argumentation mangele es an Sachlichkeit. Doch ehe er zum Nachdenken darüber kam, worin der Mangel womöglich lag, fuhr Pablo schon fort: »Und zweitens, was weißt du, unter welchen Umständen die Palästinenser täglich ihr Essen besorgen müssen?«

Wußte Ingrid nicht.

»Und hast du eine Ahnung, wieviel dort ein Liter Milch fürs Überleben bedeutet?«

Hatte Ingrid auch nicht.

»Und so kleine Schießereien sind dort schließlich an der Tagesordnung.«

»Naja, an der Tagesordnung...«, wandte Linde ein, weniger um das Gespräch zu bereichern oder sich gegen seinen Sohn zu stellen, als um den Familienfrühstücksfrieden zu bewahren. Selten genug kam es vor, seit Martina weg war, daß sie zu dritt beieinandersaßen und sich nicht gedankenschwer anschwiegen. Und wenn seine Frau schon mal, ohne ihm eins auswischen zu wollen, das Wort ergriff... »Ich meine, da übertreibst du ein wenig.«

Pablo schien auf den Einwand nur gewartet zu haben. »Gefühlt«, erwiderte er belehrend, »gefühlte Tagesordnung. Selbst wenn nicht jeden Tag geschossen wird, die Leute *fühlen* sich jeden Tag beschossen. Da gibt es wissenschaftliche Untersuchungen drüber und Texte von Psychologen. Und das kann sich ja wohl auch jeder vorstellen: Wenn die Soldaten dauernd schießen *könnten,* sobald du auf die Straße gehst, dann ist es für dein inneres Befinden fast genau so, als *würden* sie auch dauernd schießen.«

Bitte, dachte Linde, jetzt bloß keine Psychologie und Theorie, daß etwas quasi tatsächlich stattfindet, nur weil es jemand empfindet. Das erinnerte ihn stark an Ingrids regelmäßigen Vorwurf, er platze nahezu vor unterschwelligen Aggressionen und grausamen Gelüsten ihr gegenüber, und als sensibler Mensch spüre sie das und könne fast noch weniger atmen, als wenn er seinen Aggressionen und Gelüsten freien Lauf ließe. Und so würde es, wenn Pablo weiter so redete, womöglich nicht mehr lange dauern, bis Ingrid wieder auf einen ihrer verrückten Vergleiche käme. Was war er nicht schon alles gewesen: der gemeingefährliche Ehemann in einem *Tatort*, das Männchen irgendeiner Tierrasse, das sich weiß Gott wie schlecht benahm, der Vater einer alkoholabhängigen Freundin und noch ein Dutzend finsterer Gestalten. Und gleich wahrscheinlich die israelische Armee und Ingrid das sich ständig beschossen fühlende palästinensische Volk.

Also entgegnete er schnell: »Ich finde, das alles ändert nichts an dem berechtigten Einwand Ingrids, daß ein sich sorgender Vater seinen Sohn nicht in eine Schießerei führt. Außer…« Linde machte eine Pause und wußte, daß das, was er sagen wollte, zwar den Frühstücksfrieden sprengen, die folgende Front aller Voraussicht nach aber nicht zwischen ihm und Ingrid verlaufen lassen würde. »…der Vater nimmt einen publicitymäßig nicht gerade unwirksamen Tod seines Sohns in Kauf. Und das muß man ja nun leider anmerken: Die Palästinenser schicken ihre Kinder auffallend oft ins vorderste Kampfgeschehen.«

»Schicken?!« Pablos Stimme überschlug sich. (Wieder dachte Linde an Cornelius. Der gleiche fanatische Ton.) »Die Palästinenser *schicken* ihre Kinder ins vorderste Kampfgeschehen?! Das ist ja wohl unglaublich!« Pablo schien nicht zu wissen, welche Geste der Erschütterung er zuerst vollführen sollte. Mit den Händen irgendwie in alle Richtungen wedelnd, fuhr er Linde an: »Und wenn die Kinder vor lauter Elend ganz von alleine ins vorderste Kampfgeschehen stürmen?! Aber das kann sich ein alter satter mitteleuropäischer Literaturliebhaber natürlich nicht vorstellen! Das steht nämlich bei Goethe nicht drin!«

Oha! Linde warf einen kurzen, alarmierten Seitenblick zu Ingrid, die aber ganz ruhig und neugierig ihren Sohn betrachtete. Alter satter mitteleuropäischer Literaturliebhaber! War das das Bild, das sein Sohn von ihm hatte? Daß er nicht lachte! Ausgerechnet Pablo warf ihm Lebensferne und mangelnde Jugendlichkeit vor! Ein böses Grinsen huschte über Lindes Gesicht: Da sollte der Superpalästinenser doch bitteschön erst mal in Lebensnähe geraten und ein paar Erfahrungen machen, wie sie sich für einen jungen Mann gehörten! Und nicht immer heimlich ins Darmstädter Videokabinen-Sex-Center! Da hatte er Pablo nämlich mal zufällig gesehen und wußte seitdem, was das häufige »Ich muß noch mal schnell nach Darmstadt« bedeutete. Und da gab's ja bestimmt ganz ungeheuer urige Erotik ohne Schminke und Nagellack! Dieser kleine Moralprediger!

Doch nicht zum ersten Mal unterdrückte Linde den Impuls, seinem Sohn einfach mal klipp und klar dessen Dürftigkeit aufzuzeigen in der Hoffnung auf einen heilsamen Schock, der aus Pablo vielleicht doch noch den Kerl machen könnte, den Linde sich als jüngeres Spiegelbild wünschte. Statt dessen lächelte er beschwichtigend und sagte: »Mitteleuropäischer Literaturliebhaber nehme ich als Kompliment, mein Lieber. Und wenn du wüßtest, was bei Goethe alles drinsteht, würdest du dich nicht auf ein so hohes Roß setzen. Doch wie auch immer…« Linde breitete die Arme aus und sah friedfertig zwischen Ingrid und Pablo hin und her. »Das sind doch alles keine Gründe, um unser schönes Frühstück kaputtzumachen. Im großen und ganzen sind wir uns in der Beurteilung der israelischen Politik schließlich einig.«

Pablo schien unsicher, wie er mit dem Angebot umgehen sollte, während Ingrid mit feinem Glanz in den Augen und merkwürdig obenauf weiterhin ihren Sohn betrachtete.

»Also, vertragen wir uns wieder?« fragte Linde.

»Ich finde, Pablo hat ganz recht: Von wahrer Not hast du keine Ahnung.«

»Bitte, Ingrid.« Linde, immer noch lächelnd, schaute nun gleichzeitig ein wenig erschöpft. »Wir sind beim Thema Israel.«

»Laß dir von deinem Vater nichts vormachen: ›Alter satter Literaturliebhaber‹ trifft ihn ins Mark. Wo er doch so gerne ein ewig junger rumbatanzender Draufgänger wäre…«

Linde, der schon vor einer Weile am Fenster zum Garten stehengeblieben war und zur Musik nur noch schwach in den Knien gewippt hatte, verharrte einen Moment lang reglos, bis er verbittert den Kopf schüttelte. Es war zum Verrücktwerden! Da frühstückten sie mal gemeinsam, unterhielten sich über die Geschehnisse in der Welt, und was kam dabei raus? Erst beleidigte ihn sein Sohn, dann seine Frau, und am Ende mußte ausgerechnet er dafür sorgen, daß die Situation nicht völlig aus dem Ruder lief.

»Also gut: Wenn ihr mich so seht – das tut mir leid. Für mich, aber ganz besonders für euch, schließlich…«, er schlug einen leicht ironischen Ton an, »*leben* wir zusammen, und ihr müßt es – zur Zeit jedenfalls noch – mit so einem alten Rumba-Knacker aushalten.«

»Ach, Joachim«, seufzte Pablo (Lindes hatten ihren Kindern das Mama- und Papasagen früh abgewöhnt, warum, wußte keiner so genau, aber es war damals in ihren Kreisen so üblich gewesen), »jetzt sei doch nicht gleich wieder beleidigt.«

»Gleich wieder«, »wie jedesmal«, »schon immer« – Ingrid hatte an ihrem Sohn ganze Arbeit geleistet. Wäre Pablo nicht aus dem Stimmbruch raus, dachte Linde, wüßte ich bei geschlossenen Augen kaum, wer mit mir redet.

Aber erneut unterdrückte er den Drang, Pablo ein paar Dinge ins Gesicht zu sagen, und hob statt dessen zu einer versöhnlichen Rede an.

»Ich bin nicht beleidigt und schon gar nicht gleich wieder. Wenn ihr beide euch abgewöhnen könntet, jeden Vorwurf – oder von mir aus: jede berechtigte Kritik« – Linde hob die Arme, als wollte er sagen: Nur zu! – »mit einer Formulierung zu begleiten, die bedeutet, daß alles, was ich womöglich falsch mache, jedesmal nur das vorläufig letzte Kapitel eines schon immer und dauernd existierenden Falschmachens ist, wäre ich euch sehr dankbar. Ich denke, das würde uns allen helfen, konstruktiver miteinander umzugehen. Auch und gerade mit unseren Fehlern. Und wer ist schon frei davon. Übrigens sind Rumbatanzen und Goethe Lieben, so will ich doch meinen, verzeihliche Fehler. Und was politische Diskussionen betrifft, lieber Pablo, wünsche ich dir eine etwas überlegtere und tolerantere Haltung. Wenn deine Mutter eine andere Meinung vertritt und dein Vater versucht, zwischen euch beiden zu vermitteln, dann solltest du nicht empört auffahren, sondern dich auf deine Argumente besinnen und deinen Standpunkt vertreten. Möglicherweise gelingt es dir, deine Mutter zu überzeugen, möglicherweise nicht. Die Menschen sind nun mal – und zum Glück – verschieden, und am Ende zählt doch nur, ob das, was wir sagen, voll ehrlichen Interesses ist.«

Und nachdem er ihnen einen Augenblick der

Besinnung gegeben und auf seine überm Tisch gefalteten Hände geguckt hatte, sah er auf, lächelte beiden freundlich zu und schloß: »Und das wollen wir alle uns doch bitte gegenseitig zugestehen.«

Damit war der Streit vom Tisch gewesen. Bis auf ein gehässiges »Amen« von Ingrid jedenfalls, aber diese Art von Kommentar war er ja gewohnt. Und als Pablo dann zu irgendeiner Versammlung und Ingrid wieder ins Bett gegangen war, hatte er sogar noch den Abwasch übernommen.

Linde nickte seinem Spiegelbild in der Fensterscheibe zu: Da konnten sie ihm vorwerfen, was sie wollten – wer hielt den Laden denn am Ende zusammen?

Noch einen Moment genoß er das Gefühl, im allgemeinen sein Bestes zu geben, dann sah er auf die Uhr. Es war Zeit, zum Bahnhof zu gehen. Als er die Stop-Taste des CD-Players drückte, hörte er es an der Haustür klopfen. Wahrscheinlich der Briefträger.

»Komme schon!«

4

Linde hängte sich den Rucksack über die Schulter, nahm seine Jacke und ging in Erwartung eines Einschreibens oder Pakets durch den schmalen Flur des Reihenhauses zur Eingangstür. Womöglich wieder einer von Ingrids Internet-Käufen. Allein im letzten Monat waren angekommen: zwei Dutzend handgefertigte indische Kerzenständer, ein unglasiertes Teeservice zum Bemalen samt Farben, Pinsel und einem Heft mit Motivvorschlägen, fünf Sofakissenbezüge aus ungewaschener irischer Schafswolle und ein Vierkilopaket Trockenobst aus Bayern. Zwar ging Ingrid nur noch ungern aus dem Haus, doch die Wirkung des weiblichen Einkaufsbummel-Gens, dachte Linde oft, ließ sich so leicht nicht unterdrücken, und er verfluchte den Tag, an dem Pablo seine Mutter in die Computer- und Internetwelt eingewiesen hatte.

Doch als er die Tür aufzog, stand ein junger Mann in Anzughose und T-Shirt vor ihm. Er trug eine verspiegelte Sonnenbrille und hatte eine täto-

wierte Rose auf dem Arm und war sicher kein
Briefträger.

»Hallo, ich bin Moritz.«

»Hallo«, erwiderte Linde.

Der junge Mann musterte ihn. Linde blieb unschlüssig im Türrahmen stehen. Ein neuer Schüler? Ein Zeitungsabonnementverkäufer? Einer von
Amnesty?

»...Ähm, tut mir leid, aber ich muß zum Bahnhof. Du suchst sicher Pablo, aber der ist auf einer
Demonstration in Mannheim. Ruf ihn doch nach
sieben an.«

Linde wollte schon die Tür hinter sich zuziehen,
als ihm durch den Kopf schoß, daß dieser junge
Mann etwa genau so lässig und ein wenig verwegen
aussah, wie er sich Freunde für Pablo wünschte.
Jungs, die mit beiden Beinen im Leben standen,
auch mal Unsinn anstellten, doch clever genug waren, sich nicht erwischen zu lassen, und ihren Weg
machten. Vielleicht war Pablo ja einfach ein Spät-
zünder. Eine Zeitlang den richtigen Umgang, und
womöglich brummte er schon in einem Jahr mit
einem Motorrad durch die Stadt, hintendrauf ein
Mädchen mit blutroten Krallen, auf dem Weg zu
einer Künstlerparty.

»Oder habt ihr eine Verabredung? Wenn du
willst, kannst du hinten im Garten warten.« Oder

in Pablos Zimmer? Aber er kannte den jungen Mann ja gar nicht.

»Sind Sie Joachim Linde?«

»Ja, sehr erfreut …«

Linde streckte ihm die Hand entgegen, was der junge Mann ignorierte.

»Ich bin der Freund von Martina und gekommen, ihre Sachen zu holen.«

Linde sah auf die Uhr. In fünf Minuten fuhr der ICE mit reserviertem Sitzplatz erster Klasse Richtung Berlin los. Linde hatte mit Bruns ausgemacht, die Wanderung durch Brandenburg als »Vorbereitung eines Fontane-Abiturkurses« anzugeben und die Fahrkarte mit der Schule abzurechnen. In zehn Minuten hätte er sich einen Sekt bestellt, die Füße hochgelegt und wäre für drei Tage ein freier Mann gewesen. Es war zum Kotzen!

Linde stand neben seinem Rucksack im Wohnzimmer, die Jacke noch überm Arm, und starrte auf die Tür zum Badezimmer. »Das paßt aber schlecht«, hatte er nach dem ersten Schock gesagt. »Ich bin auf dem Weg zum Bahnhof, mein Zug geht in einer Viertelstunde.«

»Ich denke, es hätte immer schlecht gepaßt. Nehmen Sie einen Zug später.«

»Junger Mann, Sie wollen hoffentlich nicht für

59

mich entscheiden, wann ich meinen Zug besteige. Wie wär's, Sie kommen Montag wieder?«

»Tut mir leid, Montag muß ich zurück in Mailand sein. Aber wenn Sie unbedingt fahren müssen, dann warte ich eben auf Pablo.«

»Das kommt überhaupt nicht in Frage!«

Beim Gedanken, dieser unverschämte, bei näherer Betrachtung fast kriminell aussehende Kerl spräche mit Pablo über Martina und ziehe ihn womöglich in seinen Weltenbummler-Bann, packte Linde Panik. Man kannte das ja: Tätowierter Sonnenbrillenträger von Anderswo läßt ein paar Bemerkungen über das Nachtleben in Mailand, die angesagteste Kunstausstellung in Paris und die schickste Droge in New York fallen, und schon ist der Reichenheimer Abiturient und brave Amnesty-International-Fußgängerzonenarbeiter ganz hin und weg, möchte neue Garderobe, Kokain nehmen, die Schule abbrechen. Und schlüge sich womöglich noch auf die Seite seiner hysterischen Schwester. Finge auch auf einmal an, irgendwelche in früher Kindheit erlittenen Verletzungen herbeizuphantasieren und alle Schuld fürs nicht immer glückliche Befinden bei den Eltern zu suchen. Nein, dieser Typ kam ihm nicht mit seinem Sohn zusammen! Es war ja Katastrophe genug, daß Martina unter so einen Einfluß geraten war.

»Tja, dann«, sagte der junge Mann, »müssen Sie mir wohl oder übel ein, zwei Stunden Ihrer Zeit opfern. Länger wird es kaum dauern. Martina hat mir im Groben beschrieben, was von ihr hier ist. Das Zeug aus ihrem Zimmer – wenn's das noch gibt – und ein paar Kisten im Keller. Damit's schneller geht, würde ich gerne den Bus in die Einfahrt stellen.«

Er deutete auf einen alten Renault-Lieferwagen auf der anderen Straßenseite. Genau so einer, wie er Linde und Ingrid früher auf ihren Reisen durch Frankreich oft aufgefallen war. Damals hatten sie davon geträumt, einmal selbst mit so einem Lieferwagen durch die südfranzösische Landschaft zu tuckern, hintendrin eine Matratze und der Himmel voller Käse, Wein und Geigen. Doch als sie dann Jahre später mit den Kindern tatsächlich zu dieser Reise aufbrachen – wenn auch im vw-Bus, mit Campingzelten und fest geplanter Route –, wurde es eine Fahrt in die Katastrophe. Linde verstand bis heute nicht genau, warum ausgerechnet in Frankreich plötzlich alles übergekocht war. Aber seitdem ging der Bruch durch die Familie, fiel Ingrid immer tiefer in Depressionen, herrschten Lügen und Mißtrauen.

»Herr Linde?«

Linde sah vom Lieferwagen in die verspiegelten

Brillengläser des jungen Mannes, und eine Welle der Wut und Ohnmacht überkam ihn.

»Treten Sie den Leuten immer wie ein Junta-General entgegen?«

»Bitte?«

»Oder ist das in Mailand so üblich?«

»Entschuldigung, aber ich habe keine Ahnung, wovon Sie reden.«

»Tja!« Linde genoß diesen kurzfristigen Triumph. »Dann denken Sie mal darüber nach.« Lehrerspielchen, wußte Linde, aber im Moment war ihm jedes Mittel recht.

»Hören Sie, Herr Linde, lassen Sie's uns nicht ungemütlicher machen, als es sowieso schon ist. Ich will einfach nur Martinas Sachen holen. Außerdem müßte ich mal dringend auf die Toilette.«

Darauf wußte Linde nichts zu sagen. Sollte er dem Freund seiner Tochter den Gang aufs Klo verweigern? Das war dann vielleicht doch ein bißchen arg billig. Andererseits: Wenn der Kerl erst mal im Haus war…

»Und mit dringend meine ich: dringend. Wenn Sie also nicht wollen, daß ich da an Ihren Zaun…« Der junge Mann begann, seine Hose aufzuknöpfen.

»Sind Sie verrückt!« Linde sah reflexartig zu den Nachbarhäusern links und rechts und dachte:

Ich hau ihm aufs Maul, ehe er sich ruckartig umwandte und die Tür aufriß.

»Also, kommen Sie schon!«

Linde hörte die Klospülung, dann, wie der Wasserhahn des Waschbeckens aufgedreht wurde. So ein Pingeliger also! Schon vor dem Klo hatte er sich die Hände gewaschen. Jetzt noch mal. War seine Tochter vielleicht mit einem Schwulen abgehauen? Linde biß die Zähne zusammen und atmete scharf ein. Seine kleine Tina! Tinchen, Titi, Tatütata – was war bloß geschehen, daß sich so ein Halbstarker im Namen seiner Tochter aufspielen durfte?! Ein halbstarker Terrorist – genau das war er! ›Wenn Sie nicht wollen, daß ich da an Ihren Zaun…‹ – das ließ doch tief blicken! Heute so und morgen schon Bombenlegen oder sonstwas, wenn's mal nicht so lief, wie Herr Mailand wollte! Eine Mißgeburt! Seine Tochter anrühren! Sauereien mit ihr anstellen! Abstechen wollte er ihn! Den Kopf einschlagen! Zertreten!

»Vielen Dank.« Martinas Freund zog die Badezimmertür hinter sich zu, warf einen Blick auf Linde und hielt erschrocken inne. »Hallo?«

Langsam schloß Linde den Mund, ließ die Fäuste sinken und atmete tief ein. Sein Blick irrte über den Boden.

»Immer mit der Ruhe.« Der junge Mann trat einen Schritt vor, schien es sich aber im selben Augenblick anders zu überlegen, trat den Schritt wieder zurück, schob die Hände in die Hosentaschen und blieb abwartend stehen. Linde rührte sich nicht, nur sein Bauch hob und senkte sich schwer.

Nach einer Weile sagte der junge Mann: »Ich will nichts von Ihnen. Ich will nur Martinas Sachen holen, und je schneller das über die Bühne geht, desto besser für uns alle.«

Linde hörte von dem, was der junge Mann sprach, nur Bruchstücke: Martina, Martinas Sachen, besser für uns alle… Ja, wahrscheinlich war es besser für sie alle, wenn Martina endgültig aus der Familie verschwand. Was hatte sie ihnen in den letzten Jahren denn gebracht außer Ärger? Natürlich fiel es ihm schwer, von seiner geliebten Tatütata loszulassen, andererseits – hatten sie nicht schon seit langem voneinander losgelassen? Wie viele Jahre war es her, daß Martina ihm Ringelsocken zum Geburtstag geschenkt hatte und er ihr Zirkusdirektor gewesen war? Was für eine glückliche Zeit. Aber dann, nachdem sie aus Frankreich zurückgekommen waren: wochenlang nichts – keinen guten Morgen, kein Hallo, nicht mal einen Blick. Und gleich am zweiten Abend hatte Ingrid auf getrennten Zimmern bestanden. Sie müsse sich erst Klar-

heit über einen bestimmten Vorfall verschaffen!
Seitdem schlief er in seinem Arbeitszimmer auf der
Couch. Und von Martina, der Urheberin des Ganzen, zu allem kein Wort. Von ihm natürlich auch
nicht. Denn hätte er einen sogenannten Vorfall
ansprechen sollen, den es quasi gar nicht gegeben
hatte? Wäre ihm das nicht prompt als eine Art
Schuldbekenntnis ausgelegt worden? Nur Pablo
hatte hin und wieder versucht, gegen die eiserne
Stille aufzubegehren: »Kann mir vielleicht mal einer
sagen, was seit den Ferien los ist?« Doch die Frauen
hatten ihn jedesmal abblitzen lassen. Ingrid mit der
ebenso abwesenden wie abweisenden Miene, die sie
bis heute pflegte, und Martina mit bitterem Lächeln
und hartem, klarem Blick, der zu sagen schien: Ich
bin draußen, ich guck hier nur noch zu, von mir
aus könnt ihr alle den Bach runtergehen. Und während sie ihren Bruder zwar wie einen Idioten, aber
immerhin wie ein lebendes Wesen behandelte –
»Möchte mal wissen, was du Flasche vor lauter
Demonstrationen noch mitkriegst« –, betrachtete
sie ihn nur noch mit kaltem Interesse, wie eine
Wissenschaftlerin einen Kadaver. Die einzige Person im Haus, vor der sie den Panzer in seltenen
Momenten ablegte, um sie haßerfüllt zu attackie-
ren, war ihre Mutter. Einmal, im Sommer, hatte
Linde im Garten durchs geöffnete Wohnzimmer-

fenster ein paar Sätze mitgehört, ein andermal hatte ihn Geschrei aus dem Mittagsschlaf gerissen.

»... Du bist doch das Allerhinterletzte in der Geschichte! Deine ganzen scheiß Depressionen und Ängste! Mach doch was! Hau ab, bring ihn um, oder bring dich selber um! Ich kann dein blödes Leid nicht mehr sehen! Meinst du, mir hilft das?! Im Gegenteil! Ist doch nur Selbstmitleid! Dein scheiß Leben, deine scheiß Ehe, deine scheiß Eltern und was auch du für 'ne schlechte Mutter bist und daß du ihn nicht verlassen willst, bis wir unser Abitur haben – es kotzt mich an!«

In dem Augenblick drückte Linde, der es weder für richtig hielt, aus seinem Arbeitszimmer zu treten, noch weiter zuzuhören, die Playtaste seines Radios. Das, so sagte er sich als Pädagoge, waren gesunde Mutter-Tochter-Auseinandersetzungen, wie sie in den besten Familien vorkamen und zur Entwicklung einer intakten Kinderpsyche hin und wieder geradezu stattfinden *mußten* – schließlich erlebte er Ähnliches auf männlicher Seite mit Pablo, wenn der sich zum Beispiel darüber streiten wollte, warum Linde Nike-Turnschuhe kaufte, obwohl der Verdacht bestehe, daß Nike-Turnschuhe in Asien von Kindern zusammengenäht würden, oder wieso sie kein Sonnenenergiesystem aufs Dach installierten. Jedenfalls wollte Linde diesen Prozeß zwischen

Ingrid und Martina nicht stören, und es erschien ihm unfair, heimlich zuzuhören. Als er irgendwann später sein Zimmer verließ, fand er Martina auf dem Sofa vorm Fernseher und die Tür zu Ingrids Zimmer geschlossen. Martina schaute kurz zu ihm auf, schüttelte den Kopf und murmelte irgendwas mit »der Radiohörer«. Es war seit Tagen das erste Mal, daß sie das Wort an ihn richtete. Linde erinnerte sich, wie er daraufhin lächelnd in die Küche gegangen war, um einen Tee zu kochen, und gedacht hatte: Es kommt schon alles wieder ins Lot.

»Herr Linde...«

Linde hörte seinen Namen und wußte, daß er irgendwie reagieren mußte. Doch am liebsten wäre er einfach so stehengeblieben: stumm vor sich hin starrend, bis Martinas Freund sich verzogen und der Spuk ein Ende gehabt hätte. Schließlich gab er sich einen Ruck, sah zur Seite in die verspiegelten Brillengläser und gleich wieder weg zum Fenster.

Mit beherrschter Stimme fragte er: »Wo ist Martina?«

»In Mailand.«

»In Mailand – so, so.« Lindes Kinn hob sich ein paar Zentimeter. »Und da läßt sie Sie alleine den ganzen Weg hierherfahren? So kenne ich sie gar nicht.«

»Lassen Sie die Tricks, Herr Linde. Und wenn

Sie mir jetzt nicht zeigen, wo Martinas Sachen sind, dann such ich sie mir.«

Linde widerstand dem Impuls, den jungen Mann anzugucken.

»Martina hat ihre Mutter einmal angerufen und gesagt, sie sei mit einem Fotografen zusammen. Stimmt das?«

»Ja, ich bin Fotograf.«

»Was fotografieren Sie?«

»Food.«

»Food?«

»Essen, Speisen.«

»Speisen…?« Linde schaute spöttisch in Richtung Gardinen. »Sie meinen, Würstchen mit Pommes – oder soll ich sagen, Sausage with French fries – für den Budenaushang?«

»Nein, für Kochbücher und Magazine. Und das heißt nun mal Foodfotografie.«

»Aha, Foodfotografie! Und davon können Sie leben?«

Der junge Mann reagierte nicht gleich, und Linde meinte schon, einen Treffer gelandet zu haben, als es leicht überdrüssig von der Seite tönte: »Offenbar, sonst wär ich ja nicht mehr auf der Welt.«

Was war denn das für eine Antwort? »Ich habe nicht gefragt, ob Sie davon *überleben* können – das sehe ich. Aber reicht es, um für meine Tochter zu sorgen? Sie hat keinen Schulabschluß, keine Ausbildung, und soweit ich weiß, spricht sie nicht italienisch…«

Linde wartete – erst mit dünnem Lächeln, dann zunehmend irritiert. Gegen seinen Willen wandte er schließlich doch den Kopf und sah in die verspiegelten Gläser. »Na, was denn?«

»Nichts, Herr Linde. Ich warte darauf, daß Sie mir sagen, wo Martinas Sachen sind.«

Mit einem Mal packte Linde Empörung. Soviel Ungerechtigkeit, soviel Undankbarkeit! Wer hatte Martina denn achtzehn Jahre lang in Liebe großgezogen, hatte ihr die Windeln gewechselt, sie in den Schlaf gewiegt, sich den Hintern abgerackert, damit sie Holzspielzeug und hübsche Kleidchen besaß, Ballett- und Klavierstunden nehmen konnte, und überhaupt: Wer war denn sozusagen der Ursprung Martinas, der Erschaffer, ohne den sie gar nicht existieren würde? Und da kam jetzt so ein tätowiertes Gesocks, kannte sie gerade mal ein paar Monate und behandelte ihn wie den letzten Deppen!

»Ich werde mich wohl um meine Tochter sorgen dürfen!«

»Oje, Herr Linde…« Der junge Mann seufzte. »Sie sind ja noch ekelhafter, als Martina Sie beschrieben hat.«

Linde erstarrte. Noch nie hatte er daran gedacht, daß Martina mit irgendwem, geschweige denn einem Fremden ernsthaft über ihn reden könnte. Von zu Hause abhauen, die Reichenheimer Enge hinter sich lassen, für eine Weile mit einem Kerl zusammenleben und mit ihm den üblichen zornigen Blick zurück auf Eltern, Schule, Kleinstadt teilen – das schon, das leuchtete ihm sogar ein. Mit achtzehn hätte auch ihn wenig in Reichenheim gehalten, wäre auch er lieber mit der Nächstbesten nach Italien gefahren, und insgeheim zog er diesen Weg dem des fleißig-braven Amnesty-Arbeiters sicher vor. Aber ihn und ihr Verhältnis zueinander draußen zum Thema machen? Nicht mal während Martinas Gesprächen mit ihrer Mutter war er auf die Idee gekommen, darin eine besondere Rolle zu spielen. Jedenfalls keine besonders negative. Die normale eben: »Joachim ist ja auch so ein Spießer« oder: »Wegen eurer Eheprobleme habt ihr ja überhaupt keine Zeit mehr für uns« oder (brutaler, wie er es mit angehört hatte, aber natürlich nicht ernstgemeint): »Bring ihn um!« Was Martinas problematische letzte drei Jahre betraf, hatte er sich immer nur als einen sicher nicht unwichtigen, aber auch nicht herausragenden Grund für ihre – wie er es als Pädagoge beurteilte: ganz gewöhnliche – pubertäre Wut und Verzweiflung gesehen; in einer Reihe mit zerbrochenen Freundschaften, enttäuschter erster Liebe, einer unattraktiven Mutter und der Erkenntnis, daß das Leben oft kompliziert ist.

Und nun sollte er alleine am Pranger stehen? *Noch ekelhafter, als Martina Sie beschrieben hat…* Linde wußte nicht, was ihn mehr schockierte: das Wort ›ekelhaft‹ oder der Verrat.

»Das erfinden Sie doch«, Lindes Stimme zitterte. »Alles ausgedacht. Wer sind Sie überhaupt? Was beweist mir eigentlich, daß Sie meiner Tochter so nahe stehen? Wahrscheinlich kennen Sie sie nur flüchtig, haben sich ein paar Informationen erschlichen und wollen mir jetzt das Haus ausräumen. Sie wagen es ja nicht mal, mir Ihre Augen zu zeigen, vor lauter Verlogenheit! Mit Ihrer Junta-General-Brille!«

»Ach das«, sagte der junge Mann und nahm die Brille ab. »Manchmal vergeß ich sie einfach.«

Linde, davon überrumpelt, so schnell um diesen kleinen vermeintlichen Vorteil gebracht zu sein (denn natürlich hatte er psychologisch gedacht, daß ein Mann, der im Haus die Sonnenbrille aufbehält, unsicher ist und etwas zu verbergen hat), wußte sich nicht anders zu helfen, als gleich auf die nächste Äußerlichkeit loszugehen. »Und Ihre Tätowierung da! Wie oft waren Sie schon im Gefängnis?! Mir machen Sie nichts vor!«

Der junge Mann runzelte die Stirn, sah kurz

auf die Rose auf seinem Oberarm, dann wieder zu Linde. »Das meinen Sie doch nicht ernst?«

»Und ob ich das ernst meine! Und am besten, ich rufe jetzt gleich mal…«

Linde brach ab. Warum, wußte er nicht, aber irgendwas an der beinahe erhobenen Drohung ließ ihn zurückschrecken.

»Die Nachbarn, die Polizei?« fragte der junge Mann. »Machen Sie nur. Dann reden wir eben über alles. Aber falls Sie wirklich daran zweifeln, ich sei Martinas Freund, fragen Sie mich irgendwas. Zu ihrer Lieblingsmusik, was in ihrem Zimmer ist, oder zum Beispiel…«

Der junge Mann machte eine Pause, sah Linde in die Augen, und der Blick war von einer Art, daß Linde sich die Sonnenbrille zurückwünschte.

»…zu den Ringelsocken, die Sie da anhaben. Das sind doch die Socken, die Ihnen Martina zum Geburtstag geschenkt hat? Soweit ich weiß, haben Sie sie bisher zweimal getragen. Einmal an Martinas Geburtstag und einmal…«

»Als ich die Familie eines problematischen Schülers besucht habe, um dem Treffen etwas Ungezwungenes zu geben«, antwortete Linde, selber irritiert davon, wie überstürzt er Auskunft gab.

»Dann hat Martina von einem dritten Mal erzählt. In Südfrankreich.«

Das war doch wohl…! Linde konnte es nicht glauben. Was fiel dem Kerl ein, diese unsägliche Geschichte aufzurühren? Und was fiel Martina ein, damit immer noch hausieren zu gehen? Mit diesem Phantasieprodukt ihres verwirrten, bösartigen Teenagergeists! Hatte sie nicht schon mehr als genug Unglück damit angerichtet?

Plötzlich wurde Linde schwindelig. Das war doch alles dummes Zeug! Na gut, war das eben der Freund von Martina. War das seine Schuld? Mit achtzehn trug sie ja wohl die Verantwortung dafür, mit wem sie sich das Leben verdarb. Im Grunde ging ihn das alles doch nichts mehr an. Er hatte sein möglichstes getan, jetzt mußte Martina selber sehen, wie sie zurechtkam. Für ihn war die Sache gegessen, Schluß, aus. Sollte das Gesocks ruhig ihre Sachen holen. Er war sicher nicht der erste Vater, der die Tatsache akzeptieren mußte, daß seine Tochter nicht dem entsprach, was er sich erhofft hatte. So war das Leben. Er stritt sich jetzt jedenfalls nicht weiter mit so einem Fotografen-Bübchen rum. Er würde ihm Martinas Zimmer und den Keller zeigen, und dann sollte der Kerl sich ruhig abrackern. Und er würde das machen, was er immer machte, wenn um ihn herum die Wellen hochschlugen, und was ihn schon so oft gerettet hatte: Er würde sich einen Tee kochen, in sein Zimmer gehen, sich an seinen Schreibtisch setzen und arbeiten. Er hatte noch einen Stoß Aufsätze zu korrigieren, und vielleicht konnte er sich sogar auf den Leserbrief konzentrieren. Und wenn das Gesocks nicht trödelte, erreichte er noch den letzten ICE nach Berlin. Mußte er die Platzkarte eben selber zahlen. Aber dann: fast wie geplant – und daß das Leben oft aus schlechten Überraschungen bestand, war schließlich nichts Neues.

Plötzlich hob Linde den Kopf, sah dem jungen Mann in die Augen und sagte in fast launigem Ton: »Na gut, Herr Speiseknips, dann zeige ich Ihnen jetzt mal den Keller und Martinas Zimmer. Meine Frau hat ihr Handarbeitslager dort aufgeschlagen, aber das wird ein fixer Junge wie Sie schon auseinanderzuhalten wissen.«

Ob über Lindes plötzliches Einlenken oder seine veränderte Art, der junge Mann schaute überrascht. Linde lächelte spöttisch. »Kommen Sie, ich werd Sie schon nicht reißen.«

»Bitte?«

»Wie der Wolf das Wild. Oder für Sie ganz einfach: fressen.«

5

Linde saß am Schreibtisch, vor ihm der Leserbrief, hielt einen Kugelschreiber in der Hand und horchte. Wieder die Schritte durchs Wohnzimmer, dann der Knall von Martinas Tür und danach das Quietschen und Krachen vom Zusammenfalten eines Umzugskartons.

Jedesmal, wenn die Tür gegen die Wand stieß, dachte Linde: Jetzt geh ich raus und sag was! Die Wand war aus Gips und erst vor drei Monaten, kurz nach Martinas Weggang, erneuert worden. Auch sie hatte die Tür immer aufgeschlagen, bis schließlich ein Loch in der Wand gewesen war.

»Martina, könntest du bitte mit der Tür aufpassen, ich fall jedesmal fast vom Stuhl. Außerdem macht es die Wand kaputt.«

Wie sie ihn da angeguckt hatte. »Eine Wand!« Fast spuckte sie es aus. Linde war völlig verdutzt. Was hatte er denn nun wieder Falsches gesagt? Immerhin war da ein Loch in der Wand, demnächst würde er von seinem Zimmer aus in den Flur gukken können. Nicht mal auf so was durfte er sie mehr ansprechen?

Nebenan rumste es. Linde stellte sich vor, wie der Kerl Martinas Bücher stapelweise in den Karton warf. Klar, daß so einer Bücher behandelte wie Brennholz.

Linde sah auf die Uhr. Seit einer halben Stunde war der Kerl am Rausräumen. Noch eine halbe Stunde, und er würde sich vergewissern, ob nicht auch das ein oder andere von Ingrids Schmuckstücken, der auf dem Eßtisch liegende Rührmixer oder ein Packen CDs mit in die Kartons gewandert waren. Denn von wegen Kochbücher und Magazine – betrachtete man seinen alten, klapprigen Renault, wußte der Kerl wahrscheinlich nicht mal, wie er bis Mailand das Benzin bezahlen sollte. Linde seufzte. Er konnte nur hoffen, daß sich Martina so bald wie möglich besann, den Kerl verließ und zurückkehrte. Und dann würde *er* tausend Kilometer fahren, um ihre Bücher einzupacken. Auf das Wiedersehen mit dem Kerl freute er sich schon. »Gestatten, Herr Junta-General, der ekelhafte Vater. Ich bin gekommen, um Martinas Sachen zu holen. Und wenn Sie mir bitte auch den Rührmixer wiedergeben würden…«

Linde sah das entgeisterte Gesicht des Kerls vor sich. Tja, so schnell konnte es gehen im Leben. Eben noch das Fallbeil reingeschoben – »Machen Sie nur, dann reden wir eben über alles« – und bald schon wieder weg vom Fenster. Was der Kerl sich einbildete! Als wüßte er, was *alles* ist. Wie lange kannte er Martina? Drei Monate? *Alles…*!

Linde legte den Kugelschreiber ab und nahm einen Schluck Tee. Wieder das Rumsen. Martinas Bücher. Mit ihnen ließ sich fast ihr ganzes bisheriges Leben beschreiben. Vom ersten ABC- und Zahlenbilderbuch bis hin zu Flaubert und Stendhal. Die Franzosen waren in letzter Zeit ihre Favoriten gewesen. Einmal hatte er bei einem kurzen Rundgang durch ihr Zimmer sogar de Sade unter der Bettdecke gefunden. De Sade! Mit siebzehn! Erst dachte er, sie darauf ansprechen zu müssen, immerhin konnten solche Texte ein Mädchen nachhaltig verwirren oder gar verängstigen. Aber dann… Sie war eben schon immer frühreif gewesen. Mit fünf hatte sie lesen gelernt und schon mit sieben ihre ersten Romane verschlungen. Astrid Lindgren, Erich Kästner, *Der kleine Nick*. Tagelang lag sie im Schlafanzug auf dem Sofa und war kaum ansprechbar. »Na, meine kleine Prinzessin, was liest du da Schönes?«

»Gleich, Joachim, es ist grad so spannend.«

»Komm, kleine Maus, laß deinen Vater mal mit aufs Sofa.«

Und dann umschlang er ihren kleinen, weichen

Körper mit seinen kräftigen Armen, roch an ihrem frisch duftenden Kindernacken, und sie las glücklich und wohlaufgehoben weiter in *Emil und die Detektive*. Aus der Küche drangen Geklapper und Geklirr, und am Wohnzimmerboden spielte Pablo mit Legosteinen. Wie gut es ihnen damals gegangen war! Ingrid schien ihre Depressionen endgültig überwunden zu haben, führte wieder den Haushalt, kochte und putzte, und am Wochenende, meistens Sonntag nachmittags schliefen sie miteinander. Mit den Kindern hatten sie eine Vereinbarung getroffen: Wenn an der Schlafzimmertürklinke ein von Martina in der Schule gebasteltes rosa Herz aus Styropor hing, durften die Eltern nicht gestört werden. Manchmal, bei kleineren Unfällen oder Geschwisterstreit, kam es natürlich trotzdem vor, daß Pablo oder Martina schreiend oder heulend ins Zimmer stürmten. Linde fand das nicht schlimm. Schließlich stand er für eine liberale, scham- und angstfreie Erziehung. Sollten die Kinder ruhig mitbekommen, wie die Natur funktionierte. Ingrid allerdings, als – wie Linde immer wieder seufzend für sich feststellte – Darmstädter Apothekenbesitzertochter, war da ganz anderer Meinung. Die nackten, schwitzenden Eltern bei einer Art Kampf zu überraschen, würde Kindern nicht Natur vermitteln oder sie gar aufklären, sondern erschrecken.

Linde dachte für sich: Woher will sie das wissen, ihre Eltern hat sie bestimmt nie überrascht, weil die im Bett gemeinsam höchstens das Kreuzworträtsel der Apothekerzeitung lösen. Doch ließ er es dabei bewenden und fing gewissermaßen in weiser Voraussicht keine Diskussion an. Denn einmal, als er zufrieden ausgestreckt auf dem Bett lag, während Ingrid schon unter der Dusche stand, kam Martina ohne anzuklopfen ins Zimmer, und womöglich hätte Ingrid, wäre sie Zeuge der folgenden Szene geworden, ihm nachträgliche, sozusagen am Objekt praktizierte Rechthaberei vorgeworfen. Denn von Schrecken bei Martina keine Spur. Im Gegenteil: eigentlich nur gekommen, weil sie Schwierigkeiten mit ihren Hausaufgaben hatte und glaubte, mit Beginn der Duschgeräusche träte die Styroporherzregel außer Kraft, begann sie interessiert seinen nackten Körper zu betrachten. Dabei war ihr Ausdruck von solch gesunder Neugierde, daß er gar nicht auf die Idee kam, seinen nach wie vor ziemlich erigierten Penis zu bedecken.

»Hallo, meine kleine Prinzessin, was gibt's?«

»Ich… ähm, komm mit den Rechenaufgaben nicht weiter und, naja, ich dachte, ob du mir vielleicht helfen kannst…«

Damals, überlegte Linde, während er einen Schluck Tee nahm, mußte Martina in die dritte oder vierte Klasse gegangen sein, wenn die Kinder noch Rechnen statt Mathe sagten.

Er klopfte mit der Hand leicht auf das Stück Matratze neben sich. »Komm her und erklär mir dein Problem.«

»Ähm, also, ich hab die Aufgaben bei mir im Zimmer, und wenn du Zeit hast…«

»Na, komm ruhig. Ich bin sicher, wenn du es schaffst, mir dein Problem mündlich zu erklären, kommst du ganz alleine auf die Lösung.«

»Ähm…«

Wie süß sie zu Boden guckte.

»Aber Prinzessin, jetzt setz dich schon her.«

Nebenbei horchte er, ob sich die Duschgeräusche veränderten. Ingrid duschte am Ende immer kalt, und dann wollte er sich die Bettdecke überziehen. Das hier war etwas zwischen ihm und Martina, und Ingrid hatte ihre Meinung dazu ja deutlich geäußert. Warum also unnötig Streit heraufbeschwören.

»…Das sieht aber so komisch aus.«

»Was sieht komisch aus?«

»Das da.«

Zu seiner Überraschung irritierte es ihn, das kleine Händchen zu sehen, das mit ausgestrecktem Zeigefinger zwischen seine Beine deutete. Einen Augenblick zögerte er, dann zuckte er mit den Schultern und lächelte. »Aber Martina«, sagte er leise, »darüber hat Ingrid doch mit dir geredet. Das ist so bei Jungs. Du kennst das doch von Pablo. Neulich im Bad hast du ihn da sogar angefaßt...«

»Ja, aber bei Pablo...« Martina sah ihm weiter zwischen die Beine und verzog angewidert das Gesicht.

»Du meinst, bei mir ist es größer?«

Martina nickte.

»Nun, Pablo ist ja auch noch ein kleiner Junge, und ich bin – naja, ein großer Junge. Aber darum mußt du trotzdem keine Angst haben. Und wenn – weißt du noch, was ich dir gesagt habe, was das beste gegen Angst ist?«

Sie schüttelte den Kopf.

»Aber klar weißt du's noch. Wenn du zum Beispiel denkst, im Kleiderschrank sei irgendwer, was sollst du dann machen? Weiter Angst haben, oder...«

»Nachgucken«, sagte Martina.

»Na, siehst du.« Linde sah an sich herunter, dann wieder zu Martina. Sein Mund wurde trocken. »Da ist gar nichts Schlimmes dabei. Das ist einfach nur Natur. Wie die Pflanzen, die ihr im Unterricht untersucht.«

Martina biß sich auf die Unterlippe und schaute wieder zu Boden. Auf einmal spürte Linde eine fast unerträgliche Spannung. Trotzdem konnte er den Blick von der leicht steif und ungelenk dastehenden Martina in T-Shirt und Turnhose nicht abwenden. Lange Sekunden vergingen, und Linde hörte sein Herz pochen. Dann wurde die Dusche abgedreht, und Linde schrak wie aus einem Albtraum hoch. Schnell zog er die Bettdecke über sich, setzte sich auf, machte ein ärgerliches Gesicht und sagte laut: »Also gut, ich helf dir gleich. Aber das nächste Mal klopf bitte an, bevor du reinkommst.«

Linde trank einen Schluck Tee. Wie damals war sein Mund trocken geworden. Doch was an dem Nachmittag eigentlich geschehen war – wer konnte das so genau wissen? Im Zweifelsfall war wahrscheinlich wirklich einfach nur Natur geschehen. Und gegen die Natur kam man nicht an. Die war nicht in Menschenhand. Und konnte Natur unmoralisch sein? Bezeichnete man etwa ein Hochwasser oder ein Erdbeben, bei dem Tausende von Menschen starben, als unmoralisch? Und überhaupt, es war ja nichts passiert. Nie war etwas passiert. Am wenigsten in Südfrankreich. Ein paar zufällig angezogene Socken und der Fauxpas, vor den Augen seiner sechzehnjährigen Tochter nackt schwimmen gegangen zu sein. Als hätte Martina nur darauf gewartet: Auf ein Mißgeschick ihres Vaters, das sie zur prägenden Monstrosität aufblasen konnte. Endlich ein Schuldiger! Endlich ein Grund fürs verkorkste Leben! Und Ingrid – anstatt die

Wogen zu glätten und die Familie zusammenzu-
halten – war dankbar in das Geheul eingefallen.
Sollten sie ihn doch verabscheuen, das taten sie ja
ohnehin, aber warum mußten sie ihm etwas an-
dichten? Weil es eigentlich keine Erklärung für ihre
Abscheu gab?

Linde stellte die Tasse ab, strich sich mit den
Händen übers Gesicht und massierte seine Augen.
Was für ein Irrsinn! Er öffnete die Augen und sah
auf den Leserbrief. *... Und darum dürfen wir die
Tatsache, daß solche furchtbaren Computerspiele
existieren und unsere Kinder sich mit Lust ihrem
verrohenden Einfluß aussetzen, nicht länger ver-
drängen, sondern müssen uns im Gegenteil offensiv
damit auseinandersetzen. Denn je dunkler wir die
Ecke lassen, in der Halbwüchsige am Bildschirm
zum Massenmörder werden, desto heller wird unsere Aufregung sein, wenn sich der Sohn/die Tochter eines Tages im Kampfanzug an den Frühstückstisch setzt und davon erzählt, wie viele Feinde er/
sie am Abend zuvor ›gekillt‹ habe...*

Linde nickte. Das war seine Welt: Die engagierte
Diskussion, die literarische Einmischung in gesell-
schaftliche Mißstände, die Pädagogik – darum hatte
er sich zu kümmern. Nur weil Martina ihre Lügen-
märchen inzwischen auch jedem wildfremden Kerl
erzählte, um von eigenen Schwächen abzulenken,

mußte er sich nicht mit schlechtem Gewissen quälen. Die Situation kannte er ja schon. Nach ihrem Selbstmordversuch hatte Martina dem Psychologen als einen der Gründe für ihren Zustand genannt, daß ihr Vater immer ins Bad käme, während sie in der Wanne läge oder unter der Dusche stehe.

»Ach ja?« hatte er den Psychologen gefragt. »Und was machen Sie in einem Vierpersonenhaushalt, wenn Ihre pubertierende Tochter das Badezimmer jeden Morgen eine Stunde lang belegt? Hören Sie dann auf, sich zu waschen?«

»Nun, Ihre Tochter hat das anders erlebt. Oft seien Sie, selber kaum bekleidet, nur ins Bad gekommen, um sie anzugucken und um – wie soll ich sagen: ihr bestimmte Handlungen vorzuschlagen.«

»Was denn für Handlungen?«

»Zum Beispiel sollen Sie sie öfter gefragt haben, ob Sie ihr den Rücken waschen dürfen.«

Linde lachte kurz auf. »Entschuldigen Sie, aber Martina ist immer noch meine Tochter, und fast ihr ganzes Leben lang habe ich ihr den Rücken gewaschen.«

»Sicher. Aber bei einem Baby ist das etwas anderes als bei einer jungen Frau. Und jedenfalls hat sie es als Bedrängung empfunden.«

»Und darüber soll ich mir den Kopf zerbrechen, was ein Mädchen, das schon mit dreizehn mit jedem zweiten Jungen ihrer Klasse rumgeknutscht hat, als Bedrängung empfindet? Abgesehen davon, daß sie für mich, ihren Vater, eben immer noch das Baby ist.«

»Sie meinen, Martina war sexuell eher frühreif?«

»Gar nichts meine ich. Ich sage nur, was ich beobachtet habe. Ich denke an meine Tochter nicht im Zusammenhang mit Sexualität. Da denke ich an meine Frau.«

»Und was denken Sie da?«

»Was soll denn diese Frage?«

»Martina hat erzählt, die Beziehung zwischen Ihnen und Ihrer Frau sei schon seit längerem keine funktionierende Ehe mehr. Im Gegenteil: Ihre Frau bliebe nur wegen der Kinder bei Ihnen. Außerdem schliefen Sie seit Jahren getrennt.«

»Na und?« Linde setzte sich im Stuhl auf und sah dem Psychologen forsch in die Augen. Von dem würde er sich doch nicht in die Enge treiben lassen. »Ich habe ja wohl nicht gesagt, *wie* ich im Zusammenhang mit Sexualität an meine Frau denke. Aber wenn Sie's unbedingt wissen wollen: Ich bin traurig und erschüttert, wie wenig von der früheren Leidenschaft zwischen uns übriggeblieben ist. Inzwischen hatte ich verschiedene Geliebte, schließlich gibt es ein körperliches Verlangen, das ich in meinem Alter nicht einfach abstellen kann, aber froh – das können Sie mir glauben – macht mich das nicht.«

»Haben Sie zur Zeit eine Geliebte?«

Die Miene des Psychologen blieb ausdruckslos. Ohne genau die Richtung zu erkennen, aus der sie kam, spürte Linde plötzlich eine Gefahr. »Die Frage scheint mir etwas indiskret zu sein.«

»Herr Linde, unser ganzes Gespräch ist indiskret. Falls Sie es vergessen haben, Ihre Tochter hat versucht sich umzubringen. Und wie ich aufgrund meiner Erfahrung mit Teenager-Selbstmordversuchen sagen kann: Martinas Versuch war ungewöhnlich ernsthaft. Wäre Ihre Frau zehn Minuten später ins Badezimmer gekommen, hätte Martina den Blutverlust kaum überlebt.«

»Ja, natürlich, tut mir leid.« Linde schaute zerknirscht zu Boden. »Es ist nur… weil… also, die Geliebte ist die Mutter eines Schülers von mir, und es hätte für alle Beteiligten sehr unangenehme Folgen, wenn unsere Beziehung bekannt würde.« Dabei dachte Linde, daß er in gewisser Weise, wenn man die Sache genau betrachtete, die Wahrheit sagte. Vor kaum einem Monat hatte er Adams Mutter besuchen wollen und statt ihr den unrasierten Mann mit Zigarette vorgefunden. Aber natürlich waren sie sich vorher auf dem Schulhof und während Elternabenden öfter begegnet, und ganz objektiv konnte man festhalten: Blickmäßig und vom Lächeln her hatte es zwischen ihnen gefunkt. Somit war es eigentlich nur eine Frage der Gelegenheit, wann sie ein Paar würden.

»Wie oft haben Sie sexuellen Verkehr mit Ihrer Geliebten?«

»Na, aber!« Linde machte ein Gesicht wie im Unterricht, wenn ein Schüler sich im Ton vergriff. »Ich habe ja vollstes Verständnis dafür, daß Sie Ihre Arbeit machen müssen, aber geht das nicht ein bißchen zu weit?«

»Herr Linde…«, der Psychologe seufzte. »Martina hat mir auch erzählt, Sie würden im Badezimmer und bei anderen Gelegenheiten, bei denen Sie zu zweit seien, sich nach ihren sexuellen Erfahrungen erkundigen und dabei von eigenen Erlebnissen erzählen. Und zwar« – der Psychologe sah zur Seite, als betrachte er etwas unterm Tisch – »auf recht deutliche Art. Allerdings meinte Martina, daß es sich bei diesen Erzählungen um Lügen handle.«

»Ach!« Linde war ehrlich schockiert. Was fiel ihnen ein, so über ihn zu reden? »Und woher will sie das wissen?«

»Sie behauptet, es zu wissen.«

»Aha! Na, das ist aber interessant! Vielleicht sollten mal besser Sie nicht vergessen, daß meine Tochter einen Selbstmordversuch hinter sich hat und wahrscheinlich alles mögliche erfindet, um der Verantwortung zu entgehen. Denn nicht zuletzt hat sie ihre Mutter – und wenn Sie mir das bitte zugestehen wollen: auch ihren Vater –, ihren Bruder und ihre Freunde sehr sehr unglücklich gemacht. Und warum? Weil sie langsam merkt, daß das Leben kein Wunschkonzert ist. Im Gegenteil: In der Schule gehört sie schon seit langem zu den Schlechtesten ihrer Klasse und kann froh sein, wenn sie das Abitur schafft; aus der Theatergruppe ist sie rausgeflogen, weil sie ihren Text nie konnte und mehrmals völlig bekifft oder besoffen zu den Proben kam; mit ihrer besten Freundin hat sie sich während eines Zelturlaubs in der Bretagne zerstritten, weil die sich weigerte, nachts in irgendwelche zwielichtigen Bars zu gehen, und vor ein paar Monaten hat schließlich auch noch ihr Freund sie verlassen. Wollen Sie wissen, warum? Weil Martina mit dem besten Freund ihres Freundes rumgemacht hat. Soviel zur Bedrängung, die Martina empfindet, wenn ihr Vater ihr den Rücken waschen will, weil sie dort Akne entwickelt. Und was meine – wie Sie sagten – deutliche Art betrifft, über Sexualität zu reden: In Zeiten von Aids sollte das ja wohl selbstverständlich sein. Ich habe meine Tochter immer wieder gebeten, Kondome zu benutzen, und dabei – und zwar nur, um eine Vertrauensbasis zu schaffen, womit ich mich, Herr Professor, nun mal auskenne, schließlich bin ich ausgebildeter Pädagoge – auch von eigenen Erfahrungen berichtet. Und ich habe sie darauf hingewiesen, welche sexuellen Praktiken ungefährlich sind. Soll ich erneut deutlicher werden?«

»Ja bitte, Herr Linde.«

Linde stutzte. »Wollen Sie mich auf den Arm nehmen?«

»Nein. Ich möchte nur wissen, wie sich das anhört, wenn Sie deutlicher werden.«

Linde schaute den Psychologen haßerfüllt an.

»Na schön. Ich habe zum Beispiel gesagt: Anfassen geht, in den Mund nehmen ohne Kondom geht nicht. Außerdem habe ich versucht, ihr zu vermitteln, daß Erotik viel mit Geheimnis zu tun hat, und sie die Jungs nicht immer gleich ranlassen soll. Hübsche Strümpfe oder ein aufregender Nagellack können oft viel erregender sein als gleich aus den Kleidern zu hüpfen und aufeinander drauf.«

»Sie haben Ihrer Tochter aufregenden Nagellack empfohlen?«

»Was weiß ich! Irgendwas. Ist doch nur ein Beispiel.«

»Darf ich davon ausgehen, daß Sie es auch bei Ihren Geliebten vorziehen, wenn, sozusagen, das Geheimnis gewahrt bleibt?«

Linde erstarrte. Dieser kleine, miese Irrendoktor!

Langsam lehnte er sich in den Stuhl zurück und verschränkte die Arme. Es war ganz offenbar Zeit, dem Mann seine Grenzen aufzuzeigen. So würde er jedenfalls nicht weiter mit sich reden lassen.

»Sagen Sie mal, was wollen Sie hier eigentlich die ganze Zeit andeuten? Sprechen Sie's doch offen aus. Daß ein tieferschütterter Vater vor Ihnen sitzt, scheint Sie ja ohnehin nicht zu interessieren. Also: Was hat Martina Ihnen erzählt, daß Sie glauben, mich so behandeln zu können?«

»Es tut mir leid, Herr Linde, wenn Sie sich von mir schlecht behandelt fühlen. Ich hätte nur gerne Antworten auf ein paar Fragen.«

»Nun tun Sie mal nicht so! Ihre Fragen sind auf höchst merkwürdige Weise tendenziös. Und soll ich Ihnen sagen, was ich vermute? Daß Martina Sie mit ihren hysterischen Interpretationen ganz normaler Begebenheiten aufgestachelt hat. Schließlich sind Sie Psychologe und haben wahrscheinlich sogar Spaß an so einer überdrehten Phantasie. Aber daß Sie sich den auf Kosten eines betroffenen Elternteils machen, das übersteigt dann doch meine düstersten Erwartungen.«

»Sie meinen, Ihre Erwartungen an einen Psychologen sind vor allem düster?«

»An dieses Gespräch – ja, da waren meine Erwartungen düster. Oder glauben Sie etwa, ich habe nach dem Selbstmordversuch meiner Tochter gedacht: O ja, heißa, auf zum Psychologen, der wird mir ein paar tolle Sachen sagen?«

Linde warf dem Psychologen einen herausfordernden Blick zu. Jetzt hatte er ihn. Jetzt würde er zum Angriff übergehen. Jetzt wußte er genau, wie das Gespräch laufen mußte.

»Herr Linde...«, setzte der Psychologe an.

Linde unterbrach: »Mich wundert nur, warum Martina Ihnen nicht ihre phantasmanische Ballade von Südfrankreich gesungen hat.«

»Ihre bitte was?«

»Warum sie Ihnen nichts davon erzählt hat?«

»Von Südfrankreich.« Der Psychologe sah ihn einen Augenblick an. »Darauf wollte ich noch kommen.«

»Ach so? Dann lassen Sie mich mal zuerst darauf kommen. Danach verstehen Sie vielleicht, warum ich auf Ihre Fragen ein wenig empfindlich reagiere. Denn was immer Ihnen Martina über einen bestimmten Morgen in diesem Urlaub vor zwei Jahren erzählt haben mag, ganz genau passiert ist Folgendes: Ich hatte am Abend vorher zuviel getrunken – ich hoffe«, Linde konnte ein bißchen Hohn in der Stimme nicht unterdrücken, »das ist für Sie noch kein Grund, bei mir weitere Abgründe zu vermuten...? Jedenfalls war ich völlig blau und bin am

nächsten Morgen mit einem Mordskater aufgewacht. Wie Sie von Martina wahrscheinlich wissen, haben wir an einem See gezeltet. Nebenbei«,
wieder wurde Lindes Stimme höhnisch, er war jetzt
richtig in Fahrt, »damit Sie nichts falsch verstehen:
zwei Zelte, eins für meine Frau und mich, eins für
die Kinder. Ich wache also auf, und weil meine Frau
und ich in der Nacht miteinander geschlafen haben – damals haben wir das noch und nicht zu
knapp –, war ich nackt. So. Meine Frau lag nicht
neben mir und hatte am Abend angekündigt, daß
sie am nächsten Morgen mit den Kindern ins Dorf
zum Wochenmarkt fahren wolle. Außerdem haben
wir wild gezeltet, das heißt, wir waren ganz alleine
in der Bucht. Was hätte mich also davon abhalten
sollen, noch dazu mit meinem Brummkopf, so wie
ich war hinauszuwanken und erst mal die Blase zu
entleeren? Und wie Sie als Geschlechtsgenosse ja
wohl auch schon mal bemerkt haben werden: Morgens und besonders bei großem Blasendruck... Sie
wissen, was ich meine. Dabei trug ich übrigens –
falls Martina das erwähnt haben sollte, und damit
Sie nicht denken, ich übergehe womöglich etwas Ihrer Meinung nach ungeheuer Symbolisches –, also,
ich trug ein Paar Socken, die Martina mir mal zum
Geburtstag geschenkt hat. Und zwar trug ich sie
schon die ganze Nacht, weil mir im Zelt die Füße

gefroren haben. Und so gehe ich also zum See, und plötzlich liegt Martina vor mir. Und das – so wahr ich hier sitze – war's auch schon. Ich habe mich so schnell wie möglich ins Wasser gestürzt, und als ich wieder rauskam, war Martina verschwunden.« Linde hob in einer machtlosen Geste die Hände zur Decke. »Und seitdem glaubt meine Familie offenbar, ich sei pervers oder so was.«

Er ließ die Hände sinken und sah den Psychologen erwartungsvoll an. Nach einer Weile fragte er ungeduldig: »Dürfte ich nun bitte erfahren, was Martina Ihnen über diesen Morgen erzählt hat.«

Zum ersten Mal seit Beginn des Gesprächs lächelte der Psychologe. »Tut mir leid, Herr Linde, aber über Südfrankreich hat sie mir gar nichts erzählt. Doch nun werde ich sie natürlich danach fragen.«

Bei der Erinnerung an diesen Moment biß Linde die Zähne zusammen. Dieser hinterhältige Dreckaufwühler! Er hatte ihn reingelegt! Mit Schaudern dachte Linde daran, wie ihm nach dem Gespräch nichts anderes übriggeblieben war, als sich heimlich durch die Klinikflure in Martinas Zimmer zu schleichen, um sie scharf darauf hinzuweisen, daß sie mit ihren Spinnereien auch noch den letzten Rest intakter Familie zerstöre. Und hatte sie das verdient? Daß ihr Vater ihr eine Woche nach ihrem

Selbstmordversuch Vorwürfe machte und die Verantwortung für die Zukunft der Familie auflud? Daß der Psychologe ihn zu diesem Schritt gezwungen hatte, würde er ihm nie verzeihen. Immerhin, anschließend hatte er nichts mehr von ihm gehört. Demnach war auch Ingrid, nachdem er ein paar eindringliche Worte an sie gerichtet hatte, zu der Einsicht gelangt, daß es nichts brachte, die innerfamiliären Probleme und Mißverständnisse – die es sicher gab, wie in fast jeder Familie – in die Öffentlichkeit zu tragen.

»Denn weißt du, was im schlimmsten Fall passiert, wenn eure bösartigen Verdächtigungen zum Beispiel am Gymnasium bekannt werden? Sie schmeißen mich raus, und womöglich darf ich als Lehrer nie wieder arbeiten. Und wie immer du deine Zukunft gestalten willst, ohne Geld von mir, ob ich nun dein Ehe- oder Exmann bin, werden deine Möglichkeiten äußerst begrenzt sein.«

Daraufhin hatte Ingrid nichts erwidert, sondern war türenknallend in ihrem Zimmer verschwunden. Doch offenbar hatten seine Argumente sie überzeugt. Vom Psychologen war keine Rede mehr gewesen. Eine Woche später wurde Martina aus der Klinik entlassen, und seitdem herrschte Schweigen über den Selbstmordversuch. Und das war, wie Linde fand, auch richtig so. Man mußte auch mal vergessen können. Oder sollte Martina dauernd an ihren Fehler erinnert werden? Wie hätte sie sich da gefühlt? In der Schule hatte er gesagt, Martina läge mit schwerer Angina im Bett, aus Sorge, die Mitschüler könnten ihre Späße machen. Am Ende wäre sie noch die »Suizid-Martina« gewesen oder die »blutige Linde« oder so was. Wie Kinder eben sein konnten.

Linde nahm einen Schluck Tee und schüttelte den Kopf. Wenn Martina aus dieser schrecklichen Erfahrung nur irgend etwas hätte lernen wollen. Aber nein! Anstatt sich endlich am Riemen zu reißen, das Leben zu ordnen, sich Ziele zu setzen, war das einzige, was ihr einfiel, abzuhauen, zu flüchten, die Augen vor den Realitäten noch fester zu verschließen – und das mit dem nächstbesten Halodri!

Linde hob den Kopf. Für eine Weile hatte er den Kerl völlig vergessen. Es gab keine Geräusche mehr. War er fertig mit Rausräumen? Linde sah auf die Uhr. Dabei meinte er, Pablos Moped von der Straße her zu hören. Im nächsten Moment klingelte das Telefon auf seinem Schreibtisch. Automatisch griff er zum Hörer.

6

G uten Tag, Kaufmann. Spreche ich mit Herrn Linde?«

Er kannte die Stimme nicht. »Ja, Linde.«

»Ich rufe an wegen den Vorkommnissen in Ihrem Unterricht.«

Ach so, Sonjas Mutter. »Natürlich, klar.« Die hatte ihm gerade noch gefehlt. »Ich dachte mir schon, daß Sonja von der Stunde heute zu Hause erzählen würde…«

»Das hat sie.«

Linde beeilte sich: »Und ich verstehe Ihre Empörung. Aber seien Sie beruhigt: Ich habe beim Schulleiter gleich im Anschluß an die Stunde darauf gedrungen, daß wir sofort eine Sonderkonferenz einberufen, um den Fall zu besprechen. Glauben Sie mir, das wird für Oliver Jonker ernsthafte Folgen haben. Ich denke, sein weiterer Verbleib an unserer Schule ist sehr fraglich.«

»Herr Linde, ich rufe nicht wegen eines siebzehnjährigen Miststücks an, ich rufe wegen Ihnen an.«

»Bitte?«

»Sonja hat mir gerade erzählt, welche Weisheiten Sie während Ihres Unterrichts zu verbreiten pflegen und damit ganz offenbar für ein Klima sorgen, in dem Ausbrüche wie die von Oliver Jonker und diesem Cornelius Sowieso mir keine große Überraschung zu sein scheinen!«

»Hohenruh«, sagte Linde, verdattert über Frau Kaufmanns heftigen Ton.

»Was?«

»Cornelius Hohenruh. Früher von Hohenruh, aber das ›von‹ hat die Familie abgelegt. Der Vater ist Anwalt.«

»Sagen Sie, sind Sie betrunken?«

»Ob ich… Frau Kaufmann…!«

»Stimmt es zum Beispiel, daß Sie in den letzten Wochen mehrmals vor der Klasse die Meinung vertreten haben, die Juden seien schuld daran, daß nicht endlich Gras über die Verbrechen der Deutschen wachsen könne?«

»Entschuldigen Sie, aber…« Linde setzte sich im Stuhl auf. Was für eine unverschämte Person! »So ein Unsinn! Erstens würde ich so nie reden, und zweitens ist das völlig aus dem Zusammenhang gerissen.«

»Ja, was denn nun?«

Mein Gott! Aber jetzt wußte er endlich, woher

Sonja ihren Ton und die Art hatte, Gespräche wie Verhöre zu führen.

»Ich habe sicher nie von Schuld im Zusammenhang mit Juden gesprochen. Und eine so schnippische Formulierung wie ›Gras über die Sache wachsen lassen‹ käme mir bei dem ernsten Thema auch nicht in den Sinn.«

»Und welche kam Ihnen in den Sinn?«

»Bitte, Frau Kaufmann, wir haben verlängertes Wochenende, und ich muß zum Bahnhof. Wenn wir das nächsten Montag besprechen könnten…«

»Hören Sie, wenn es stimmt, was meine Tochter erzählt, ist das, was in Ihrem Unterricht passiert, für mich ein Skandal. Und wenn Sie jetzt nicht mit mir reden wollen, werde ich den Schulleiter anrufen. Und falls der auch nicht mit mir reden will – er soll ja ein alter Freund von Ihnen sein –, werde ich mich an eine Zeitung wenden.«

»Jetzt bleiben Sie – ich meine, beruhigen Sie sich doch! Sonja muß da irgendwas in den falschen Hals bekommen haben. Ich bin sicher, das läßt sich alles aufklären.«

»Ich auch. So oder so. Ich will verstehen, wie es dazu kommen konnte, daß in Ihrem Unterricht in derselben Stunde meinen Eltern der Tod in der Gaskammer gewünscht und Israel als neues Naziregime verteufelt wird!«

»Nun…« Wieder schoß Linde durch den Kopf, ob Kaufmanns vielleicht jüdisch waren. »Beides waren emotionale Ausbrüche am Ende einer hitzigen Schülerdiskussion. So was kommt hin und wieder vor. Es handelt sich eben – selbst wenn sie nächstes Jahr Abitur machen – noch um Kinder. Die Bedeutungen mancher Reden und Positionen sind ihnen nicht immer bewußt. Und wenn ich das noch anfügen darf: Für Cornelius Hohenruh lege ich meine Hand ins Feuer. Ich nehme an, er hatte einfach einen Blackout. So rumzuschreien ist eigentlich nicht seine Art.«

»Soweit ich weiß, hat er diesen Blackout regelmäßig. Kaum eine Unterrichtsstunde, in der beim Thema deutsche Schuld von ihm keine Anspielung auf die Situation in Israel kommt. Anspielungen, die Sie unwidersprochen durchgehen lassen. Und ist das nicht auch Ihr Reflex – die Schuld beim Juden zu suchen?«

Eigentlich mußte sie Jüdin sein. So redete doch sonst keiner mehr. Dabei spürte Linde, wie ihn diese Möglichkeit anstachelte, dem Telefonat einen gewissen Reiz verlieh. Denn außer aus dem Fernsehen kannte er eigentlich keine Juden. Der einzige, mit dem er bisher zu tun gehabt hatte, war vor über zwanzig Jahren ein Kommilitone im Fach Pädagogik gewesen. Einmal hatten sie zusammen ein Referat vorbereitet, und Linde erinnerte sich, wie er die ganze Arbeit machte – mitschreiben, abtippen, Texte aus Fachzeitschriften heraussuchen –, während Benjamin, wenn sie sich in dessen winziger Wohnung trafen, immer nur an seinem Rennrad rumbastelte und anstatt über die Pädagogik Summerhills dauernd über die Mädchen im Kurs sprach. Linde dachte an das Klischee, daß die Juden immer so scharf auf deutsche Frauen seien – etwas war da schon dran.

»Herr Linde?«

»Ja, ja, bin noch da.« Linde versuchte den Faden wiederzufinden. »Also, erst mal sollten wir uns doch wohl darüber einig sein, daß Israel und die Juden nicht dasselbe sind und eine Kritik am Staat Israel möglich sein muß, ohne daß man gleich sonstwas vorgehalten bekommt. Und wenn Cornelius einige Male im Unterricht auf das Thema Israel gekommen ist, dann liegt das ganz einfach daran, daß er als aktives Mitglied bei Amnesty International sich wegen der derzeitigen Situation in den Palästinensergebieten viel damit beschäftigt. Ich weiß das, weil mein Sohn sich ebenfalls bei Amnesty engagiert.«

»Und hält Ihr Sohn auch solche Reden über Israel?«

»Überhaupt nicht«, sagte Linde und ärgerte sich

sofort, sich von Sonjas Mutter so unter Druck setzen zu lassen, daß er quasi seinen Sohn verleugnete. Weil mit ihr keine Zwischentöne möglich waren. Wie mit ihrer Tochter. Entweder – oder. Schwarz oder weiß. Aggressiv, rechthaberisch, empfindlich.

»Sagen Sie«, Linde bemühte sich, ruhig, beinahe sanft zu sprechen, »weil Sie das Thema so berührt und weil auch Sonja im Unterricht so emotional bei der Sache ist: Haben Sie vielleicht durch Ihre Herkunft eine besondere Beziehung zu der Problematik?«

»Was meinen Sie mit Herkunft?«

»Nun, ob Sie vielleicht durch die Geschichte Ihrer Eltern oder…«

»Sie meinen, ob wir Juden sind?«

»Nun, daran habe ich jetzt gar nicht gedacht, aber… zum Beispiel.«

»Zum Beispiel«, wiederholte sie in verächtlichem Ton. »Zum Beispiel nein. Trotzdem habe ich durch meine Herkunft, wie Sie es formulieren, eine besondere Beziehung zu der Problematik. Soll ich Ihnen erklären, warum?«

»Also…« Linde wollte jetzt keine dramatischen Familiengeschichten hören. Er wollte von der Frau überhaupt nichts mehr hören. Nun, da feststand, daß sie keine Jüdin war. Eine ganz normale Deutsche wie er – was bildete sie sich eigentlich ein?!

»Herr Linde?«

Linde räusperte sich. Nur ihre Drohung, sich an eine Zeitung zu wenden, hinderte ihn daran, sofort aufzulegen. »Ihre Erklärung ist sicher sehr interessant, aber wie ich schon sagte, wir haben verlängertes Wochenende, in zwanzig Minuten geht mein Zug, und…«

»Ich bin Deutsche.«

»Bitte?… Ach so.« Linde mochte sich ein hörbares Stöhnen nicht verkneifen. Wenn ihre siebzehnjährige Tochter mit solchen alten Hüten kam, besaß das ja noch etwas Rührendes, aber von einer Erwachsenen! Diesen Ich-bin-deutsch-ich-muß-mich-damit-beschäftigen-Kram hatten sie doch nun alle schon seit langem erledigt. Gerne hätte er Sonjas Mutter gefragt, woher sie stamme. Wahrscheinlich aus Reichenheim. Hier geboren, hier geblieben, würde hier sterben, Ferien am Baggersee, griechisches Restaurant, einmal im Jahr nach Frankfurt zum Einkaufen, arme Juden, böse Deutsche, selbstgestrickte Pullover – wie er diese Provinzler haßte!

»Ich muß jetzt wirklich zum Bahnhof.«

»Wissen Sie, was Sie sind, Herr Linde? Ein kleiner feiger antisemitischer Scheißer.«

Erst glaubte Linde, sich verhört zu haben, dann knallte er das Telefon in die Konsole.

»…und ich werde Ihnen Ärger machen! Sie

werden unsere Kinder nicht weiter verderben! Ich werde dafür sorgen...« Diese verdammten neuen Apparate! Linde schlug auf die Off-Taste.

Einen Moment lang saß er wie erstarrt. Als hätte sie ihm ins Gesicht gespuckt. »Kleiner antisemitischer Scheißer!« So was hatte er noch nicht erlebt! Und einer plötzlichen Eingebung folgend, wandte er sich schnell zum Regal und sah auf den Chanukka-Leuchter, den er mit Ingrid in Venedig gekauft hatte; daneben die Werke von Kafka, Tucholsky, Döblin, Roth, Ausdruck seiner großen Bewunderung für den jüdischen Geist und den wunderbaren jüdischen Humor; und hatte er nicht erst neulich im Martin-Luther-Gesprächskreis zur aktuellen Deutung des Neuen Testaments gefragt: »Auch Jesus war Jude, und sind wir somit nicht alle jüdisch?«

»Kleiner antisemitischer Scheißer!« Was fiel dieser Schickse ein?!

Doch ehe er weiter über Frau Kaufmann und die von ihr erhobenen Anschuldigungen und Drohungen nachdenken konnte, wurde plötzlich die Tür aufgerissen, er fuhr herum und konnte gerade noch Pablos verheulte, wutentbrannte Fratze sehen, ehe die Faust seines Sohns ihn mitten ins Gesicht traf.

7

Du Schwein!«
Linde war vom Stuhl gestürzt, lag am Boden und hielt sich die Nase. Er fühlte Blut über seine Hände laufen. Mit verschwommenem Blick sah er Pablo über sich, wie er wild gestikulierte und auf ihn einschrie.

»Moritz hat mir gerade alles erzählt, du dreckiger, widerlicher…« Pablo kippte die Stimme weg. Hilflos weitergestikulierend und verzweifelt um Worte ringend, stand er über Linde gebeugt, bis er erneut zuschlug. Wieder traf er die Nase, und Linde brüllte auf. Mit einer Hand sein Gesicht schützend, versuchte er, unter den Schreibtisch zu kriechen, doch Pablo stellte sich ihm in den Weg. Linde sah auf die Schnürstiefel, die er seinem Sohn vor ein paar Wochen gekauft hatte.

»Martina ist nicht verrückt oder hysterisch, wie du immer gesagt hast! Alles ganz einfach! Ich mußte Moritz nur fragen: Wie geht's Martina? Naja, sie versucht, ihr Zuhause zu vergessen! Besonders euern Vater! Wieso unsern Vater?! Weil er hinter ihr her war – du gemeines Stück Scheiße!«

›Gemeines Stück Scheiße‹, wiederholte Linde im Kopf und spuckte Blut aus. Heute bekomm ich was zu hören. Was war dieser Moritz nur für ein Teufel. Sagte Pablo – diesem Jungen – solche Sachen.

»Du hast uns alle zerstört! Martina, Ingrid und jetzt auch mich! Wenn ich daran denke, wie du mir immer zugeredet hast, ich solle mich an die Mädchen ranmachen, so wie du früher! Wie in Frankreich vielleicht?! Wo du nackt und geil vor Martina rumgelaufen bist?! Hast du keine Ahnung, daß sie das wahrscheinlich ein Leben lang mit sich rumschleppt?! Und deine Besuche im Bad, um über Sex zu reden! Mit *deiner Tochter*!«

Linde hatte die Augen geschlossen und atmete schwer. Der Schmerz ließ ein bißchen nach, und Linde fragte sich, ob seine Nase gebrochen sei. Nun also auch noch Pablo. Wußte der Geier, wo's ihn drückte, aber der Einfachheit halber machte er es wie die anderen: Immer feste drauf auf den Alten. Irgendwas an der bescheuerten Südfrankreichgeschichte würde schon dran sein. Jedenfalls genug, um sich mal schnell die ganze Familiensituation hübsch simpel zurechtzubiegen. Der ruhige, anständige Pablo – was mußte sich da angestaut haben, daß es dermaßen aus ihm rausbrach? Als hätte auch er nur auf den Superschuldigen gewartet, um guten Gewissens die Axt auspacken zu können. Warum haßten sie ihn nur so? Was hatte er ihnen getan?

Plötzlich mußte Linde weinen, und obwohl die Schmerzen dadurch wieder größer wurden, konnte er nicht aufhören.

»Das ist alles, was dir dazu einfällt?! Rumzuheulen! Wie oft hat Martina wohl geheult über die Jahre?!«

Pablo stieß ihm mit dem Fuß die Hände vom Gesicht. Durch einen Film aus Tränen und Blut versuchte Linde, Pablos Fäuste im Blick zu behalten. Noch einen Schlag auf die Nase, so glaubte er, würde er kaum überleben. Vom eigenen Sohn verprügelt… Linde nahm seine ganze Kraft zusammen, stützte die Hände gegen den Boden und richtete sich halb auf. Einen Moment lang starrte er Pablo an. Da war keine Verzweiflung und kein Leid, geschweige denn Mitleid in den Augen seines Sohnes, sondern nur Haß und Selbstgerechtigkeit.

Es tat Linde weh, den Mund zu öffnen, und die ersten Worte waren kaum verständlich. »…Du glaubst, mich hier schlagen und verurteilen zu dürfen, nur weil dieses Gesocks da draußen dir irgendwelche Lügen erzählt?«

»Lügen?! Ich war doch dabei in Frankreich und weiß, wie danach alles anders war!«

Wieder holte Pablo mit der Faust aus. Linde hob schützend eine Hand und wandte den Kopf ab. »Hör auf! Nichts weißt du! Nach Frankreich war alles anders, weil deine Schwester zufällig dort beschlossen hat, mal eine kleine Bombe hochgehen zu lassen. Frag mich nicht, warum. Ich nehme an, sie wollte einfach um jeden Preis Aufmerksamkeit. Und natürlich einen Verantwortlichen für alles, was in ihrem Leben schiefgelaufen ist. Denn um Gottes willen – bloß nicht die Verantwortung bei sich selber suchen! Falls du dich nicht erinnerst: Sie war unter ihren Mitschülern unbeliebt, hatte keine Freundinnen, und ihr einziges Kapital war ihre Schamlosigkeit. Willst du wissen, mit wie vielen Jungs deine Schwester damals für einen Nachmittag zusammen war? Und keiner blieb. Wer will schon mit so einer für länger…«

Linde spürte, wie Pablo sich nicht entscheiden konnte zwischen der Unerträglichkeit, das anzuhören, und der Angst, die Wahrheit zu verpassen. Immer noch waren seine Hände zu Fäusten geballt, und Linde bemühte sich, schneller zu sprechen.

»Vielleicht verstehst du, daß unter solchen Umständen ein Vater mit seiner Tochter über Sex reden *muß*. Und in den Frankreichferien hatte sie dann nicht mal mehr diese Ein-zwei-Nachmittage-Jungs. Denn die jungen Franzosen interessierten sich nicht für eine picklige, schlecht angezogene Deutsche, die jeden Kerl anlächelte, ohne ein Wort sagen zu können, und der das Unglück ins Gesicht geschrieben stand. Und so, weil das nun mal die einzige Form der Selbstbestätigung war, mit der sie sich auskannte, legte sie sich eines Morgens ihrem Vater nackt in den Weg...«

»Das ist nicht wahr!« Pablo hatte sich vorgebeugt und schrie ihn aus solcher Nähe an, daß Linde Spucketröpfchen auf der Wange spürte. »Das erfindest du doch alles!«

»Laß mich bitte ausreden, dann kannst du immer noch entscheiden, wem du glauben willst.«

Linde hörte Pablos Atem. Langsam wandte er den Kopf. Pablos Gesicht war kaum zwanzig Zentimeter von ihm entfernt. Er hatte die Lippen geöffnet und die Zähne zusammengebissen. Was für eine alberne, fanatische Grimasse, dachte Linde.

»Oder reichen dir die Ansichten eines Moritz, um deinen Vater zusammenzuschlagen?«

Pablo schloß den Mund, dann richtete er sich wieder auf, ohne Linde aus den Augen zu lassen, verschränkte die Arme und machte ihm mit dem Kinn ein Zeichen, fortzufahren. Wie er sich vorkam, dachte Linde. Wie Robin Hood und Batman in einer Person – der Affe.

»Es war der Morgen, als du mit Ingrid auf dem

Markt warst, aber das weißt du wahrscheinlich schon von deinem neuen Freund da draußen. Ich bin nackt zum See gegangen, weil ich dachte, ich sei alleine. Und plötzlich lag sie vor mir und guckt mich so an... Naja, als habe sie mich erwartet.«

»Das ist nicht wahr! Das hätte Martina nie gemacht, sie hat dich gehaßt! Wie oft hat sie mir gesagt, wie widerlich sie dich findet! Deine schleimige, hinterfotzige Art! Wie du immer so tust und dabei nur Schmutz denkst! Und ich Idiot hab dich verteidigt!«

»Ach ja? Was weißt denn du, wie sechzehnjährige Mädchen funktionieren? Ausgerechnet du! Vielleicht hat sie mich gehaßt – na und? Um so mehr wollte sie ihr bißchen Macht ausspielen, und das ist ihr ja auch prächtig gelungen. Hat ihre Mutter so lange mit zweideutigen Anspielungen belagert, bis Ingrid irgendwann glaubte, *ich* hätte Martina mit meiner Nacktheit bedrängt!«

»Und hast du nicht?! Wenn deine Geschichte stimmt, was hast du denn gemacht, als sie so... *vor dir lag*?!«

»Ich bin um sie herumgegangen und hab mich ins Wasser geworfen. Schluß. Als ich wieder rauskam, war sie in den Felsen verschwunden. Da hat sie sich wahrscheinlich die blauen Flecken geholt, die sie in den Tagen darauf immer so gerne unbedeckt ließ. Und dabei immer extra traurig in die Ferne starrte, bis sich auch der letzte fragte, was bloß mit dem armen Mädchen los sei. Hätte ich da etwa sagen sollen: Das arme Mädchen hat versucht, ihren Vater in eine heikle Situation zu bringen, und das hat nicht geklappt, und darum ist sie jetzt beleidigt?!«

»Ich glaub dir kein Wort! Niemand ist so unglücklich, nur weil er beleidigt wurde!«

Linde wischte sich übers Gesicht und betrachtete seine blutverschmierte Hand. Dieser Blödmann hatte ihm wahrscheinlich die Nase gebrochen. »Weil du von Frauen keine Ahnung hast.« Linde sah auf, und ein dünnes, böses Lächeln ging über seine Lippen. »Weil – die bekommt man nämlich nicht im Porno-Video-Center in Darmstadt.«

Pablo öffnete den Mund, sein Gesicht wurde bleich.

»Tja, kleiner Moralprediger! Ich dachte, ich fall um, als ich dich dort reingehen sah. Dann hab ich mich gefragt, wie das für dich funktioniert, wo du doch angeblich keine Schminke und keinen Nagellack magst. Ich meine, ich kenne mich mit Pornofilmen nicht aus – nicht, daß ich's besonders verwerflich finde, aber ich hatte es einfach nie nötig. Jedenfalls…«

Linde sah den Schlag kommen und tat nichts,

um sich zu schützen. Sollte es Pablo später ruhig quälen, seinen wehrlosen Vater mißhandelt zu haben. Und obwohl es erneut Lindes Nase traf und ihn der Schmerz schier zerriß, verspürte er gleichzeitig einen Triumph. Als Pablo dann aus dem Zimmer rannte, legte Linde sich zurück auf den Boden und schloß die Augen. Kurz darauf fiel er in ohnmächtigen Schlaf.

8

Linde starrte ins Wohnzimmer. Alle weg. Sie hatten ihn einfach so in seinem Blut liegenlassen. Beim Gesocks wunderte ihn das nicht. Der hatte natürlich, nachdem ihm klargeworden war, was er angerichtet hatte, so schnell wie möglich das Weite gesucht. Aber bei Pablo?

In der Küche füllte Linde eine Plastiktüte mit Eiswürfeln. Während er sich die Tüte gegen das Gesicht hielt, ging er zu Martinas Zimmer. Im Türrahmen blieb er stehen und ließ den Blick über nackte Regale und ausgeräumte Schränke wandern. Sogar das Kurt-Cobain-Poster war weg.

Auf dem Weg zum Keller sah er zum Eßtisch. Der Rührmixer lag noch da. Im Keller erwartete ihn ein ähnliches Bild: Sämtliche Kisten und Kleidersäcke Martinas waren verschwunden. Linde stieg die Treppe hoch, ging zur Haustür, trat hinaus und blickte über den Vorgarten und die Straße. Kein Renault-Lieferwagen mehr, alles wie immer, als wäre nichts geschehen. Erst als er sich wieder zur

Tür wandte, bemerkte er Pablos Moped, das an der Mauer lehnte, dann sah er die Kante der hochgeschobenen Garagentür. So schnell es sein schmerzender Kopf zuließ, lief er die zehn Meter zur Garage und sah seine Befürchtung bestätigt: Der Toyota war weg. Zwar hatte Pablo letztes Jahr den Führerschein gemacht, aber seitdem war er kaum gefahren, und wenn, immer zusammen mit Linde. Daß Pablo ein besonderes Talent zum Autofahren besaß, konnte Linde aufgrund dieser gemeinsamen Ausflüge nicht behaupten. Und jetzt saß er womöglich in dem Zustand hinterm Steuer, in dem er vor kaum einer Stunde aus der Tür gerannt war.

Linde ging zurück ins Haus und hinauf in den ersten Stock in Pablos Zimmer. Wie immer alles picobello. Das akkurat gemachte Bett, der aufgeräumte Schreibtisch, die im Regal sorgfältig in einer Reihe aufgestellte Postkartensammlung mit politsatirischen Witzzeichnungen.

Am Boden hinter dem Bett entdeckte Linde dann doch noch eine Unregelmäßigkeit. Ein Haufen Fotos lag dort wie achtlos hingeworfen. Linde bückte sich, hielt sich mit einer Hand weiter die Eiswürfeltüte ans Gesicht, mit der anderen schob er die Fotos auseinander und sah Bilder von Leichen. Viele ohne Arme oder Beine oder sonstwie zerfetzt. Alle lagen sie in zerstörten Häusern oder auf mit Trümmern übersäten Straßen. Linde zupfte den gelben Klebezettel von einem leeren Pappumschlag und las: »Tote Israelis nach palästinensischen Selbstmordattentaten.« Ach ja, Pablo war ja heute auf der Demonstration gewesen. Das hatte er völlig vergessen. Er sah sich die Fotos noch mal an. Die meisten der Leichen waren Frauen und Kinder, ein paar Alte, und die wenigen jungen Männer trugen weiße Kellnerschürzen oder leichte Sommerkleidung. Komisch, dachte Linde, ohne den Zettel wär ich sicher gewesen, es handelt sich um Palästinenser. In Pablos Zimmer, und sowieso…

Er richtete sich wieder auf und stand einen Moment unschlüssig herum. Sein Kopf pochte. Er mußte zum Arzt. Im selben Moment fiel ihm ein, daß er ja kein Auto hatte. Er würde sich ein Taxi bestellen müssen, um zum Kreiskrankenhaus zu kommen. Oder er rief den Notarzt.

Er ging hinunter ins Badezimmer, um im Spiegel erneut sein geschwollenes Gesicht zu betrachten. Die Nase schien wohl doch nicht gebrochen. Dafür war seine Unterlippe aufgeplatzt, ein Zahn fühlte sich locker an, und sein rechtes Auge würde bis morgen wahrscheinlich blau anlaufen. Linde hatte erst einmal ein blaues Auge gehabt, nachdem ihm ein Gegenspieler beim Handball das Knie ins Gesicht gestoßen hatte. Damals war Linde zwölf gewesen. Er erinnerte sich, wie es seine Lehrer und Mitschüler beeindruckte, wie freundlich er dem Schuldigen verzieh. Schon damals war er kein nachtragender Mensch gewesen. Und er würde auch Pablo, wenn er heute abend zurückkäme, mit offenen Armen empfangen. Beide hatten sie schlimme Dinge gesagt, und bestimmt war für Pablo der Gedanke, seinen Vater geschlagen zu haben, schlimmer als für ihn das geschwollene Gesicht. Das schwoll wieder ab, und tief im Innern empfand er sogar eine gewisse Achtung vor seinem Sohn, der endlich mal gezeigt hatte, was für ein Kerl in ihm steckte. Den eigenen Vater verprügeln – das mußte man sich erst mal trauen! Und sicher war es der Entwicklung eines jungen Mannes nicht abträglich. Ein Aufstand, ein Befreiungsschlag – jeder mußte den Vater einmal vom Sockel stoßen. Und auf so einen Knackpunkt wartete er bei Pablo ja schon seit langem. Er selbst hatte seinen Vater zwar nie geschlagen, aber eines Abends war es auch zwischen ihnen zur entscheidenden Auseinandersetzung gekommen, als er dem Vater, Pfarrer von Beruf und aus vollster Überzeugung, den Entschluß mitteilte, nicht in seine Fußstapfen treten und Theologie studieren zu wollen. Nach dem Streit hatte Lindes Leben eine neue Richtung genommen – und zwar, wie er bis heute fand, nicht die schlechteste. Gut, im Moment sah alles recht düster aus, aber rührte das nicht einfach von jenem notwendigen Gewitter her, welches von Zeit zu Zeit über die besten Familien hereinbrach, damit alle gereinigt daraus hervorgingen? Bekäme zum Beispiel Martina nicht endlich einen Schreck über ihr Tun, wenn sie die Kisten auspackte und ihr schönes Kinderzimmer plötzlich in Mailand sähe, in einer Wohnung mit einem tätowierten Fremden? Das mußte doch ein merkwürdiges Gefühl sein: die Kindheit, die Familie, das Nest, die ganzen Erinnerungen, Bücher, Spielzeuge – und das nun in einer Stadt, die sie nicht kannte, mit lauter Menschen, deren Sprache sie nicht verstand. Wahrscheinlich lebte sie mit dem Gesocks in einer kleinen Zweizimmerwohnung am Stadtrand, und Linde war einmal in Mailand gewesen, da gab es ausgestorbene Viertel, dagegen wirkte Reichenheim wie ein Ort purer Lebensfreude. Und jeden Tag konnte man auch nicht zum Dom gehen. Jedenfalls würde er sich nicht wundern, wenn Martinas Mailandabenteuer schon bald zu Ende wäre. Jetzt mußte er nur noch die Sache mit Pablo in Ordnung bringen. Aber je länger er darüber nachdachte, desto mehr wuchs in ihm die Überzeugung, daß zwischen Pablo und ihm in nächster Zeit etwas völlig Neues entstehen würde. Schließlich teilten sie nun einen außergewöhnlich existentiellen Moment. Gut, lieber hätte er Pablo auf hoher See vorm Ertrinken gerettet – wie man sich das Leben eben gerne als Roman vorstellte –, aber so eine Möglichkeit, sagte sich Linde unter Schmerzen lächelnd, ergab sich nun mal nicht allzuoft. Vielleicht würden sie sich schon in ein paar Wochen wissend zuzwinkern. »Na, du alter Pornograph!« – »Na, du schlechter Vater! Ich hab übrigens gerade wieder mit Martina telefoniert, und sie hat noch mal gesagt, wie leid es ihr tut, was sie mit ihrer verdrehten Phantasie angerichtet hat. – Oh, hallo, Ingrid.« – »Na, ihr beiden Geheimnistuer! Macht mal Platz da, bis Martina kommt, möchte ich einen Kuchen backen.«

Linde sah noch einen Moment in den Spiegel, dann hielt er sich die Tüte mit Eiswürfeln wieder ans Gesicht, ging in sein Zimmer und rief den Notarzt an.

Anschließend stellte er sich ans Küchenfenster und schaute auf die Straße. Inzwischen war es kurz nach sechs. Was machte Pablo? Wahrscheinlich fuhr er einfach ein bißchen durch die Gegend; zum Nachdenken, Sichberuhigen. Linde hoffte nur, daß er in der Hitze des Moments nicht irgendeine Verrücktheit beschloß. Nach Mailand aufzubrechen, zum Beispiel. Die Strecke konnte er niemals bewältigen. Das längste Stück, das Pablo bisher gefahren war, ging von Reichenheim nach Heidelberg, und auf dem Rückweg hatte Linde das Steuer übernehmen müssen, weil Pablo auf der Autobahn bei der schnellen Geschwindigkeit schlecht geworden war.

Tja, da konnte Pablo sich noch so sehr entwikkeln, Sorgen um sein Kind würde er sich wohl immer machen.

»Also, wegen Ihrer Nase«, sagte der Notarzt und beugte sich zurück, »müssen Sie keine Angst haben, da ist nichts gebrochen. Und die Lippe habe ich Ihnen jetzt schön fest zugeklebt, in zwei, drei Tagen ist sie wieder zusammengewachsen.«

Der Notarzt blieb neben Linde auf dem Sofa sitzen und sah sich im Wohnzimmer um. Kunstdrucke an den Wänden, Bücherregale, eine Kleist-Büste. »Sie sagten, Sie seien in einen Streit geraten?«

Linde nickte. »Mit dem ehemaligen Freund meiner Tochter. Er hat mir das verpaßt.«

Der Notarzt lachte kurz auf. »Ach so! Hab mich schon gewundert. Wie einer, der sich irgendwo rumprügelt, wirken Sie nicht gerade. Was war los? Haben Sie ihn nicht genehmigt? Alte Vater-Schule?«

Linde versuchte, so gut es mit den Pflastern ging, zu lächeln. »Leider nein. Meine Tochter hat ihm den Laufpaß gegeben, und ich hab's ausbaden müssen.«

»Na, den würde ich aber nicht so einfach davonkommen lassen. Er hat Sie ganz schön zugerichtet.«

»Ach, naja. Ich werd's überleben, und eigentlich ist er ein netter Kerl. Die Geschichte hat ihn eben sehr verletzt.«

»Hört sich lustig an – aus Ihrem Mund.«

»Ich weiß. Aber das sind nur äußere Verletzungen. Die sind ja oft viel leichter zu ertragen.«

»Da haben Sie wahrscheinlich recht. Trotzdem, ich an Ihrer Stelle…« Der Notarzt warf Pflaster und Schere in seinen Arztkoffer, schloß den Deckel, nahm den Koffer in die Hand und stand vom Sofa auf. »Sie scheinen ein großherziger Mensch zu sein.«

»Danke.« Linde merkte, wie ihm die Worte des Notarztes guttaten.

»Normalerweise sollte ich den Vorfall der Polizei melden: schwere Körperverletzung. Aber ich denke, Sie betrachten's als Familienangelegenheit.«

»Auf jeden Fall.«

»Na schön, also dann…« Der Notarzt hob die Hand zum Gruß. »Und wie gesagt, wenn Sie heute noch was essen müssen, probieren Sie's mit Suppe oder Joghurt oder so was.«

»Danke, Herr Doktor, mach ich. Auf Wiedersehen.«

»Hoffentlich nicht.« Der Notarzt lächelte, wandte sich um und ging zur Haustür.

»Noch mal vielen Dank, wirklich!« rief Linde ihm hinterher.

»Gern geschehen. Machen Sie sich einen schönen Abend vor dem Fernseher«, tönte es vom Flur.

Nachdem die Haustür ins Schloß gefallen war, fühlte Linde sich auf einmal so einsam, daß er anfing zu weinen.

9

Als Linde auf dem Sofa erwachte, war es dunkel. Nur durch das Fenster drang ein wenig Licht von der Gartenlaterne der Nachbarn. Die Schmerztabletten, die ihm der Notarzt gegeben hatte, schienen auch als Schlafmittel zu wirken. Eine Weile starrte Linde benommen auf die Fensterscheibe und die schwarzen Äste des Apfelbaums dahinter. Er hörte leise Musik, irgendwas Orientalisches, und ein schwacher Geruch von gegrilltem Fleisch lag in der Luft. Wahrscheinlich veranstalteten die Nachbarn eine Gartenparty. Orientalische Musik, oder besser: Popmusik mit orientalischen Anklängen und arabischem oder türkischem Gesang war in Reichenheim bei der liberalen Mittelschicht seit einiger Zeit sehr in Mode. Auch Linde besaß zwei oder drei CDs von einem französischen Label, die er allerdings nur auflegte, wenn Ingrid oder Pablo dabeiwaren. Aus irgendwelchen diffusen Zurück-zu-den-Ursprüngen-Gründen war es außer den Klavierkonzerten die einzige Musik, gegen die Ingrid nichts einzuwenden hatte. Da wippte sie sogar manchmal ein bißchen mit dem Fuß, und einmal hatte sie gesagt: »Wie gerne würde ich die Wüste sehen.«

Na, guck dir doch dein Leben an, hatte Linde gedacht, es aber natürlich nicht ausgesprochen, sondern: »Das wäre sicher sehr interessant.«

Pablo dagegen mochte die Musik nicht, das sah und spürte Linde, doch aus ideologischen Gründen konnte Pablo das nicht zugeben. Also redete er von der Situation algerischer Einwanderer in Frankreich, ratterte ein paar Zahlen und Daten runter und verzog sich dann schnell in sein Zimmer. Erst vor ein paar Monaten hatte Linde entdeckt, daß Pablo eine stattliche Deutsche-Schlager-CD-Sammlung in seiner Schreibtischschublade versteckte. Heimlich hörte er auf seinem Walkman Leute wie Howard Carpendale, Nicole, Münchner Freiheit, zum großen Teil uraltes Zeug. Woher kannte Pablo das bloß? Gerne hätte ihn Linde darauf angesprochen, auch und vor allem wegen Pablos Schwierigkeiten mit Mädchen. Denn daß er mit solchem Gedudel heutzutage irgendeine beeindrucken konnte, war quasi ausgeschlossen. Im Gegenteil: Jeder halbwegs attraktive Teenager nähme doch beim ersten Und-dann-sah-ich-dich-und-das-gab-mir-einen-Stich die Beine in die Hand. Andererseits war er froh, daß sein Sohn überhaupt irgendeine romantische

Ader besaß, und die wollte er durch Nachfragen nicht zerstören. Aber seltsam war das schon – deutsche Schlager. Was für eine Sehnsucht kam da zum Ausdruck? Oder war das ein stiller Protest, eine Art schizophrener Auflehnung gegen sein von Amnesty bestimmtes Leben? Oder ein unbewußtes Rebellieren gegen seine alles in allem doch sehr modernen Eltern?

Linde hob den Arm und sah auf die Leuchtziffern seiner Uhr. Zwanzig nach elf. Erschrocken fuhr er hoch. Über vier Stunden waren seit dem Besuch des Notarztes vergangen. Wo blieb Pablo?

Er setzte sich auf, befühlte kurz sein Gesicht, erhob sich vom Sofa und ging durchs dunkle Haus hinauf in Pablos Zimmer. Er knipste das Licht an. Nichts war verändert. Er ging wieder hinunter und in den Vorgarten. Auch hier alles wie zuvor: das Moped an der Mauer, der Toyota weg. Linde fühlte Panik in sich aufsteigen. Nur sehr selten blieb Pablo abends so lange aus.

Zurück im Haus drückte er auf dem Weg zur Küche sämtliche Lichtschalter, bis alles hell erleuchtet war, und obwohl ihm der Arzt wegen der Schmerzmittel davon abgeraten hatte, nahm er aus dem Küchenschrank eine Flasche Cognac und schenkte sich ein Glas ein. Sollte er im Amnesty-Büro anrufen? Bei irgendwelchen Mitschülern Pablos? Cornelius? Auch wenn Linde sich gerne dachte, daß Cornelius ein Freund seines Sohnes sei – tatsächlich waren die beiden, das mußte er zugeben, wohl eher so was wie Kollegen. Trotzdem: Pablo achtete Cornelius als Mitarbeiter bei Amnesty und hatte bei der Wahl des Schülerparlaments für ihn gestimmt; vielleicht war er zu ihm gefahren, hatte seine notorische Scheu endlich mal abgelegt und gesagt: »Hör mal, mir ist da was Schreckliches mit meinem Vater passiert, und ich muß mit jemandem darüber sprechen.«

»Aber klar! Komm rein, ich freu mich. Dachte schon lange, wir sollten mal…«

Und falls Pablo ihm von Martina erzählte? Um Gottes willen, wenn Hohenruhs von diesen schmutzigen Vorwürfen erfuhren…! Schnell nahm Linde das Glas und die Flasche Cognac und ging zum Telefon in seinem Zimmer. Während er noch überlegte, was er sagen sollte – falls zum Beispiel Herr Hohenruh abnahm, womöglich einen verheulten Pablo vor sich, der gerade der ganzen Familie erzählte, was seine Schwester über ihren Vater behauptete –, klingelte es. Linde zuckte zusammen. Gleichzeitig registrierte er, wie leise die Klingel gestellt war, und es schoß ihm durch den Kopf, ob Hohenruhs vielleicht schon vorher versucht hatten, ihn zu erreichen. ›Herr Linde, ich denke, wir haben etwas miteinander zu bereden. Ich bin Anwalt, und Ihr Sohn hat mir gerade…‹

Linde stürzte das Glas Cognac hinunter und sagte danach laut: »Nichts davon ist wahr, Herr Hohenruh. Was Sie vielleicht nicht wissen: Martinas Mutter ist geisteskrank.« Dagegen konnte Hohenruh nichts einwenden, das war beweisbar, und dann würde sich alles weitere von selbst klären.

Linde räusperte sich und nahm den Hörer ab.

»Linde.«

»Oh…«, sagte ein männliche Stimme überrascht, »Herr Joachim Linde?«

»Ja.«

»'tschuldigung, aber ich habe schon mehrmals bei Ihnen angerufen, und inzwischen dachte ich, Sie seien verreist oder so.«

Die Stimme war freundlich und ein bißchen verängstigt.

»Nein, ähm, ich war spazieren. Wer spricht denn da?«

»Oh, 'tschuldigung, Schuster von der Polizei Darmstadt.«

»Polizei?« Linde hielt den Atem an.

»Ähm, ja. Herr Linde, ich muß Ihnen leider mitteilen, daß Ihr Sohn einen schweren Autounfall hatte…«

Linde schrie auf.

»Aber er lebt, Herr Linde! Er liegt jetzt im Krankenhaus!«

»...Wie... was...?!« In der Fensterscheibe sah Linde sein schreckverzerrtes Gesicht.

»Soweit wir wissen, ist er im betrunkenen Zustand auf der Autobahn ins Schleudern gekommen.«

»Auf der Autobahn?!« Linde rupfte den Verschluß vom Cognac. »Das kann nicht sein! Mein Sohn fährt nicht auf der Autobahn!« Er wollte sich eingießen, aber seine Hände zitterten so sehr, daß er mit dem Flaschenhals das Glas zerschlug.

»Tut mir leid, aber nach den Papieren, die der junge Mann dabeihatte... Und es ist Ihr Auto.«

Linde nahm einen Schluck aus der Flasche. »Vielleicht hat er das Auto jemandem geliehen? Wo waren die Papiere? Im Handschuhfach?«

»Nein, sie sind in seiner Jacke gefunden worden. Aber wenn Sie Zweifel haben – ich meine, so oder so sollten Sie wohl am besten so schnell wie möglich zum Krankenhaus fahren.«

»Welches Krankenhaus?«

Der Polizeibeamte gab ihm Namen und Adresse. Linde krakelte beides auf einen der Schüleraufsätze.

»Und, Herr Linde... Ihr Sohn liegt im Koma, aber die Ärzte sind optimistisch, daß er es schaffen wird.«

Nachdem Linde den Hörer aufgelegt hatte, saß er eine Weile reglos. Dann nahm er einen weiteren Schluck aus der Flasche, rief ein Taxi und wartete. Zehn Minuten später klingelte es an der Tür.

10

Es war nach vier Uhr nachts, als ein Taxi Linde zurück nach Hause brachte.

Er bezahlte den Fahrer, wartete, bis der Wagen um die nächste Ecke verschwand, und ging langsam den gepflasterten Weg hinauf. Vor der Haustür, den Schlüssel schon in der Hand, zögerte er. Es überkam ihn Angst vor der Stille dahinter und ein Gefühl, als würde er, sobald er das Haus betrat, sich mit diesem Tag abfinden. Bis zur Haustür schien noch Hoffnung zu bestehen, auf irgendeine Wendung, einen neuen Blick auf die Ereignisse oder eine veränderte Haltung ihnen gegenüber. Doch wenn er erst die Tür hinter sich zugezogen hätte – dann gäbe es nur noch die leeren Zimmer und den Cognac.

Er schob den Schlüssel zurück in die Hosentasche und hockte sich auf die Eingangsstufe. Eine Weile schaute er auf den kleinen Vorgarten im Licht der Straßenlaterne. Dann ging sein Blick zu den Häusern auf der anderen Straßenseite, zu den Baumspitzen dahinter und hinauf in den sternklaren Himmel. Gab es dort jemanden? Konnte er ihm helfen? Besaß er die Macht?

Dabei tauchte vor seinen Augen immer wieder Pablo auf, wie er im weißen Krankenhauslicht zwischen Schläuchen und Apparaten lag. Drei Stunden hatte er am Bett gesessen, seine Hand gehalten und auf ihn eingeredet. Daß alles in Ordnung käme, daß sie wieder eine Familie würden, daß er sich mit Ingrid und Martina aussprechen wolle und daß sie so bald wie möglich alle zusammen irgendwo hinfahren sollten, um endlich mal wieder Zeit füreinander zu haben. Er redete und redete, erzählte von früher und was für ein süßes und heiteres Kind Pablo gewesen sei, versuchte, kraftvoll und optimistisch zu klingen und ließ keine Stille aufkommen, bis die Schwester zurückkehrte.

»Ich wollte nur sagen, der Doktor ist gleich hier.« Dabei lächelte sie sanft und ein bißchen mitleidig.

»Danke.«

»Herr Linde…«

»Ja?«

»Ich finde es wirklich ganz außerordentlich, wie Sie versuchen, mit Ihrem Sohn Kontakt aufzunehmen.«

»Was bleibt mir anderes übrig.«

»Nur vergessen Sie bitte nicht, es ist keinesfalls sicher, daß…«

»Ich weiß.«

Linde sah in den Sternenhimmel. Es war nicht nur keinesfalls sicher, sondern so gut wie ausgeschlossen, daß Pablo ihn hatte hören können. Nach den Worten des Doktors waren Bemühungen, Komapatienten sozusagen zurückzureden, reine Glaubensfrage. Aber versuchen mußte er es. Nicht auszudenken, Pablos letzter Eindruck von dieser Welt… Linde preßte die Augen zusammen, so was durfte er gar nicht denken. Pablo würde es schaffen! Er war gesund und kräftig, und der Doktor hatte gesagt, sein Herz arbeite einwandfrei. Zum ersten Mal war Linde froh, daß Pablo weder Alkohol trank noch rauchte, noch sonstwelche Drogen nahm. Obwohl… Besoffen gegen die Leitplanken? Gab es in Pablos Leben neben Pornofilmen und deutschen Schlagern vielleicht noch weitere Geheimnisse? Oder hatte er sich nur wegen der Lügengeschichten von Martinas Freund zum ersten Mal betrunken? Der würde jedenfalls dafür büßen! Wenn Pablo übern Berg wäre, würde er hinfahren in das Drecksmailand und sich das Schwein vorknöpfen! Reichte es nicht, daß er Martina hatte, mußte er auch noch den Rest der Familie zerstören?!

Linde betastete sein Gesicht und das Pflaster

auf der Lippe. »Lieber Pablo«, sagte er leise, »lieber, lieber Pablo, es macht überhaupt nichts, daß du mich geschlagen hast. Mach dir darum bitte keine Sorgen. Es muß für dich ein Schock gewesen sein, was dieser… dieser Moritz dir erzählt hat. Ich liebe dich, Pablo, und ich wünsche mir, daß du bald wieder gesund und kräftig genug bist, um mich, wenn du magst, noch mal zu verprügeln – es wäre mir eine solche Freude…«

Linde lachte verzweifelt auf, bis ihm Tränen in die Augen schossen. Er schlug die Hände vors Gesicht und heulte laut los. Kurz fielen ihm die Nachbarn ein, aber sollten sie ihn ruhig hören. Zwischen den Weinkrämpfen holte er sich die Bilder des Abends vor Augen, so sehr sie ihn auch schmerzten. Die Bilder halfen ihm weiterzuweinen, und das Weinen erleichterte ihn. Immer wieder sah er Pablo zwischen den Schläuchen, das mitleidige Gesicht der Schwester, den Doktor mit den sorgenvoll hochgezogenen Augenbrauen, den langen, leeren Flur zum Krankenhausausgang, Ingrid in ihrem weißen Zimmer, die noch von nichts wußte, Martina, alleine und verloren vor dem Mailänder Dom, und schließlich sich selber, mitten in der Nacht auf der Stufe vor seinem Haus kauernd, von allen verlassen, vom Schicksal betrogen – was hatte er der Welt angetan, daß er so bestraft wurde?!

Irgendwann ließ die Wirkung der Bilder nach, die Tränen kamen nicht mehr, er schluchzte noch ein paarmal laut auf, dann hielt er inne, atmete tief durch und sah sich um. Kein Licht war angegangen, alles schlief.

Er dachte an die Flasche Cognac auf seinem Schreibtisch, und während er noch überlegte, endlich hineinzugehen und sich zuzukippen, erfaßte ihn die tiefe Sehnsucht danach, bei einem Glas mit jemandem über alles reden zu können. Sich auszusprechen, auszuheulen, Leid zu teilen, Mut gemacht zu bekommen.

Er sah auf die Uhr. Zwanzig vor fünf. Wen konnte er um diese Zeit anrufen? Aber selbst wenn es zwanzig vor fünf am Nachmittag gewesen wäre – für die Art Gespräch, die er jetzt brauchte, gab es niemanden mehr in seinem Leben. Da blieb ihm nur, zum Frankfurter Bahnhof zu fahren, um sich in irgendeiner Kneipe einen Besoffenen zu suchen, der ihm gegen ein paar Schnäpse wenigstens zuhörte. Bei der Vorstellung füllten sich Lindes Augen erneut mit Tränen. Doch dann – vielleicht wegen des Frankfurter Bahnhofs und des Schmuddelkrams dort – fiel ihm Bruns ein. Den konnte er morgens um fünf anrufen. Erst recht vor einem Feiertag. Bruns prahlte damit, ein Nachtmensch zu sein, und hatte oft und gerne öffentlich verlauten lassen, er sei für seine Mitarbeiter rund um die Uhr zu erreichen. Und eins konnte man Bruns nicht nachsagen: Daß er kein Verständnis für schwierige Lebenssituationen hätte. Kein Wunder, hatte Linde oft gedacht, als Schwulem bleibt ihm ja auch nichts anderes übrig. Doch im Moment stand Bruns' Homosexualität für Linde ausschließlich für Sensibilität und Einfühlungsvermögen.

Sein Freund Bruns. Wie vertraut sie sich mal gewesen waren. Linde erinnerte sich, wie sie früher oft spätabends telefoniert hatten. Bei einem Glas Wein, Ingrid schlief schon, durchs offene Fenster duftete der Garten, und sie nahmen Gott und die Welt, ihre Familien, die Schule, die politische Lage durch. Und planten ihren Comic.

Beim Gedanken daran mußte Linde plötzlich lächeln. Seit Jahren völlig vergessen, standen sie nun auf einmal wieder vor ihm: die frechen Hippieschüler *Fool* und *Funky* – in Anlehnung an *Fix und Foxi* –, die mit allerhand Streichen und Tricks ein deutsches Gymnasium auf den Kopf stellten. Vorbilder waren die *Freakbrothers* und Gerhard-Seyfried-Comics gewesen. Bruns, zeichnerisch begabt, sollte *Fix und Foxi* möglichst originalgetreu kopieren, ihnen lange Haare, Armeeparkas und Turnschuhe verpassen, während sie Text und Dialoge zusammen schreiben wollten. Ganze Nächte hatten sie damit verbracht, sich Geschichten und Plots zu überlegen und sich auszumalen, wie *Fool-und-Funky*-Hefte an deutschen Schulen zu Kult-accessoires aufstiegen. Doch richtig losgelegt hatten sie nie, und nachdem Bruns Schulleiter geworden war, geriet das Projekt in Vergessenheit.

Trotzdem, dachte Linde, wir waren ein tolles Team, hatten Pläne, Ideen, Spaß, und keiner kennt mich länger – und wahrscheinlich auch besser – als Gerhard. Er muß doch noch wissen, wie ich ticke und daß ich weiß Gott kein Dreckskerl bin!

Linde nickte. Bruns war jetzt genau der Richtige. Mit seiner direkten unsentimentalen Art würde er ihn daran erinnern, daß es noch eine Welt jenseits dieses Albtraums gab, daß das Leben weiterging und daß er, Linde, vielleicht doch nicht so alleine war, wie er sich fühlte. Denn wer wußte, vielleicht führte das ganze Unheil am Ende wenigstens da-zu, daß Bruns und er wieder zueinanderfanden. Er jedenfalls wollte so ehrlich und offen sein, wie er nur konnte, sich ganz in Bruns' Hände begeben, sich ihm quasi ausliefern, was ja an sich schon ein gro-ßer Freundschaftsbeweis war. *Fool und Funky – zwei Typen, ein Gymnasium, hundert Prozent Action.*

Schnell stand er auf und zog den Hausschlüssel aus der Tasche. Auf dem Weg durch den Flur und durchs Wohnzimmer knipste er im Vorbeigehen die Lichter an und warf seine Jacke auf den nächstbesten Stuhl. Sein Drang, endlich mit jemandem zu reden, wuchs mit jeder Sekunde.

In seinem Zimmer wischte er die Scherben des zerschlagenen Cognacglases vom Schreibtisch in den Papierkorb, holte sich in der Küche ein neues Glas, setzte sich vors Telefon und schenkte sich ein. Für einen Moment hielt er inne, sah sein verzweifeltes Gesicht im Fenster und prostete in Gedanken Pablo zu. Auf deine Kraft und Zähigkeit… und auf unsere Zukunft! Fast hätte er wieder angefangen zu weinen. Dann trank er das erste Glas in einem Zug leer, schenkte sich nach und wählte Bruns' Nummer.

»Ja?« meldete sich Bruns. Im Hintergrund spielte laute Jazzmusik.

»Gerhard, hier ist Joachim.«

»Joachim?! Du rufst aber spät an. Sind die Nächte so lang in Brandenburg?«

»Tja, also… Gerhard, ich muß mit dir sprechen.«

»Bitte?« Eine Trompete dröhnte durch den Hörer.

»Weißt du, ich bin nicht in Brandenburg, ich bin… also, ich bin zu Hause. Pablo hatte einen Unfall.«

»Warte mal… Jeremy, laß das bitte stehen! Das

ist eine Tonskulptur, die zerbricht, wenn man sie fallen läßt, und die hat einen Haufen Geld gekostet… ja… Danke!«

»Ähm… hast du Besuch?«

»Was?«

»Ob du Besuch hast – ob ich vielleicht störe?«

»Ja, ich habe Besuch. Was glaubst du, mit wem ich rede? Um was geht's?«

Wieder legte die Trompete los.

»Hör mal, kannst du die Musik vielleicht ein bißchen leiser drehen?«

»Jeremy! Würdest du bitte sämtliches Zeug im Regal einfach in Ruhe lassen! Das ist ein wertvolles Teeservice aus Marokko! Ja: wertvoll! Gibt noch andere wertvolle Sachen als Fünfzigeuroscheine!«

»Gerhard!«

»Ja!«

»Ich muß mit dir reden!«

»Klar, Joachim, tut mir leid, es ist nur…«, Bruns senkte die Stimme, »…der Junge macht mich wahnsinnig!« Lachend sagte er: »Aber so ist das eben: Was nimmt man nicht alles in Kauf für eine schöne Strickerei!«

Linde verschlug es die Sprache. Bruns mußte völlig betrunken sein.

»Sag mal, Gerhard«, Linde stockte, das war nun überhaupt nicht sein Thema, und trotzdem, die

136

Frage brannte ihm auf der Zunge, »wie kannst du einfach… Ich meine, wenn nicht ich angerufen hätte, sondern…«

Für einen Moment tönte nur die Jazzmusik durchs Telefon, bis Bruns fragte: »Telefonierst du deshalb morgens um fünf mit mir? Nebenbei: Der Junge ist neunzehn, wir sind also sozusagen völlig legal. Und in dem Alter weiß man ja wohl, was man macht – oder man weiß es nie. Weißt du's?«

»Was?«

»Bin ich betrunken oder du?«

»Ich… Gerhard…«

»Ja?«

»Ich ruf an, weil… Pablo hatte einen Autounfall. Er liegt im Koma im Krankenhaus…«

»Was? Ich versteh dich nicht. Warte, ich mach die Musik leiser.«

Als Bruns zurückkam, sagte er: »Hör mal, eh ich's vergesse: Die Kaufmann hat mich heute abend angerufen und mir von eurem Gespräch erzählt. Also, besonders zu fliegen scheint sie nun wirklich nicht auf dich, und es hat sich so angehört, als wolle sie dir ernsthaft Ärger machen. Ich meine, klar ist die hysterisch, aber… Was war denn los? Bist doch sonst so'n Kuschel mit den Eltern… Joachim?«

»Ja…«

»Hallo?«

»Ich …«

»Na, jetzt mach dir mal keine Sorgen, wir werden das schon irgendwie wieder hinbiegen. Aber sei in Zukunft bitte vorsichtiger. Weil eins kann die Schule nun gar nicht gebrauchen: Irgend so eine scheiß Antisemitismusdiskussion in der Öffentlichkeit. Hat sie dir auch mit der Zeitung gedroht?«

»Ähm, ja.«

»Na, und da geht's dann ja nicht um Fakten, sondern nur darum, wer am empörtesten rumkrakeelt. Und wenn die Kaufmann was kann, dann das. Mein Gott, hat die mir einen Moralsenf aufgetischt! Stimmt es, daß du im Unterricht gesagt hast, ohne die ständige Einmischung der Juden hätte sich Deutschland mit seiner Vergangenheit viel ernsthafter und konstruktiver auseinandersetzen können?«

»Nein, so sicher nicht.«

»Aha. Hat sie aber zitiert. Und unter uns: Ist ja wahr. Vor lauter Auschwitz und schlechtem Gewissen hat sich doch keiner getraut, mal richtig über alles nachzudenken. Und das geht ja bis heute so: Weißt du noch, *Schindlers Liste*? Ich kenn Schüler, die mußten dreimal in den Film gehen. Mit der Klasse, mit dem Geschichtskurs und dann noch mit irgendeinem PDS wählenden Onkel aus Frankfurt. Na, wenn das kein Terror und keine flutschende Geldmaschine war!«

»Bitte, Gerhard, mir geht's nicht so gut.«

»Wegen der Kaufmann? So ein Quatsch! Im Zweifelsfall nennen wir's einfach provokante Thesen, mit denen du die Schüler zum Nachdenken und Widerspruch animieren wolltest. Ist doch'n Kinderspiel. Und was sie dazu gesagt hat, was in deinem Kurs über Israel läuft, kann uns sowieso am Arsch vorbeigehen.« Bruns lachte trocken auf. »Den Zeitungsredakteur möchte ich sehen, der eine kleine Israelniedermache in diesen Zeiten für einen Skandal hält. Im Gegenteil, da kriegst du noch'n Orden für politisch mutige Unterrichtsgestaltung ... Ja, Jeremy, ich komm gleich ...« Bruns klang, als hielte er die Hand über den Mund, während er leise erklärte: »Er will unbedingt, daß ich ihm den Rücken schrubbe. Ist das nicht süß?«

»Gerhard!« Linde faßte es nicht. »So kannst du doch nicht ...! Ich meine, du bist Leiter eines Gymnasiums!«

»Na und? Du weißt das doch alles. Oder hast du gedacht, ich sei seit damals, als wir noch gemeinsam um die Häuser zogen, keusch geworden? Erinnerst du dich nicht? *Fag und Funky*!«

»Es hieß *Fool und Funky*!«

»Ja, später dann – als du plötzlich Angst um deine Karriere bekommen hast. Und was ist passiert?«

Linde preßte die Zähne zusammen. Ihre beruflichen Entwicklungen unter die Nase gerieben zu bekommen, fehlte ihm gerade noch. Hier der anständige, aber ewige Lehrer Linde, da ein schamloser Kerl, der sogar während seiner Ehejahre nie ein Geheimnis um seine, wie er es damals nannte, »schwule Seite« gemacht hatte, und trotzdem zum Schulleiter berufen worden war. Was hatte ihn nur geritten, Bruns anzurufen? Hatte er wirklich geglaubt, mit ihm sein Leid teilen zu können?

Tonlos sagte Linde: »Ich muß jetzt auflegen.«

Bruns schien keine Antwort auf seine Frage zu erwarten oder hatte sie, weil er betrunken war, schon wieder vergessen. Jedenfalls erwiderte er vergnügt: »Tja, mein Lieber, dann wünsch ich dir noch zwei schöne Tage in Brandenburg.«

»Ich bin nicht in Brandenburg.«

»Ach, nein? Machst statt dessen lieber die Hauptstadt unsicher, was? Versteh ich. Keine zehn Pferde würden mich nach Brandenburg kriegen.«

»Gute Nacht, Gerhard.«

»Nacht, mein Lieber, und grüß mir Berlin!«

Linde legte auf und sah schockiert und angewidert aufs Telefon. Doch zu seiner Überraschung überkam ihn bald eine gewisse Ruhe. Er dachte: Wenn das die Welt da draußen war – Bruns und Jeremy, der Leiter eines Gymnasiums und ein Stricher morgens um fünf dabei, sich die Rücken und sonstwas zu schrubben –, wenn es so hinter der Fassade seines Vorgesetzten und ältesten Bekannten zuging, dann konnte er nicht anders, als mit sich, wenigstens für den Moment, einigermaßen im reinen zu sein. Denn so was Schäbiges, Deprimierendes wie ein Wochenende mit käuflichem Sex zu arrangieren und das auch noch schamlos auszuposaunen käme ihm nie in den Sinn, lag völlig außerhalb seines Vorstellungsvermögens. Ja, das hatte ihn vielleicht am meisten empört: daß Bruns ihn einfach so in seine Schweinereien einweihte.

Und unterdessen lag Pablo im Krankenhaus im Koma…

Als das Cognacglas leer war, schenkte Linde sich nach, und als der Himmel sich am Horizont blau zu färben begann, hatte er die Flasche ausgetrunken. Schwerfällig stand er auf, knipste das Licht aus und warf sich angezogen aufs Bett. Alles um ihn herum war grau und undeutlich, und wenn er die Augen schloß, drehte es sich in seinem Kopf. Lieber Gott, dachte er, mach irgendwas. Und zum ersten Mal seit seiner Kindheit sagte er ein Gebet auf. Sein Vater hatte es ihm beigebracht. Jetzt half es ihm einzuschlafen.

II

Linde wachte gegen Mittag auf. Sein Kopf fühlte sich dumpf an, sein Mund war ausgetrocknet, und als er aufstand, drückte es ihm für einen Moment die Augen zu. Er ging zum Telefon und wählte die Nummer des Krankenhauses. Während es klingelte, verteilte er Speichel im Mund und fuhr sich mit der Zunge über die verpflasterten Lippen. Trotzdem verstand ihn die Stationsschwester nicht gleich, und er mußte seinen Namen mehrmals wiederholen, bis er die Auskunft erhielt, daß Pablos Zustand unverändert sei. Er kündigte an, nachmittags ins Krankenhaus zu kommen, legte auf und starrte durchs Fenster auf den sonnenbeschienenen Garten.

Nachdem er ein paar Gläser Wasser getrunken hatte, zog er eine alte Hose, ein T-Shirt und Turnschuhe an, holte Schubkarren, Spaten und Schaufel aus der Garage und machte sich im Garten daran, eine Grube für einen Komposthaufen auszuheben, worum ihn Ingrid schon seit Monaten gebeten hatte.

Von Zeit zu Zeit trat sein Nachbar, Herr Schugalla, auf die Terrasse, um eine Zigarette zu rauchen, und nickte und lächelte Linde zu. Linde nickte knapp zurück. Beim dritten Mal rief Schugalla herüber: »Sportlich, sportlich, Joachim!«

Linde sah von der Arbeit auf, schaute Schugalla ausdruckslos an und erwiderte: »Pablo hatte gestern einen Autounfall. Er liegt im Koma im Krankenhaus.«

Dann schaufelte er weiter, während Schugalla an den Zaun trat, um sein Beileid zu bekunden. Doch Linde reagierte nicht. Schließlich verschwand Schugalla im Haus. Wenig später bemerkte Linde, wie sich im ersten Stock der Vorhang bewegte und Frau Schugalla zu ihm herüberschaute.

Vor ein paar Jahren, als Schugallas, beide Lithographen von Beruf, frisch zugezogen waren, hatten sie Ingrid und ihn drei-, viermal zum Essen eingeladen. Eigentlich sehr schöne Abende, bis Schugallas anfingen, fast nur noch über Reichenheim zu reden und wie provinziell und langweilig hier alles sei. Beide stammten aus Hannover und waren wegen der Möglichkeit hergekommen, in derselben Druckerei zu arbeiten. Als wäre ausgerechnet Hannover der Nabel der Welt! Eines Abends dann, als die Frau mal wieder eine ihrer Haßtiraden auf Reichenheim anstimmte, brach Ingrid in Tränen aus.

Und als Linde, schon leicht angetrunken, die Frau daraufhin anfuhr, was ihr eigentlich einfiele, dauernd ihre Stadt schlechtzumachen, begann Ingrid nicht etwa ebenfalls auf die Nachbarin zu schimpfen, sondern auf ihn. Seitdem ging man sich soweit wie möglich aus dem Weg.

Es tut mir wirklich leid – daß Linde nicht lachte! Es war Schugalla doch völlig egal. Als scherte der sich ernsthaft um irgendwas, das hier passierte. Würde doch in ein paar Jahren sowieso wieder in seinem famosen Hannover sein! So ein Heuchler!

Linde fuhr die letzte Schubkarre mit Erde hinters Haus, brachte Schubkarre, Schaufel und Spaten zurück in die Garage, duschte und obwohl er keinen Appetit hatte, zwang er sich, zwei weichgekochte Eier und eine Scheibe Brot zu essen. Er mußte zu Kräften kommen, spätestens in einer Stunde wollte er wieder bei Pablo sein. Er würde jetzt nur noch bei ihm sein. Tag und Nacht. Das war das einzige, was zählte. Bis auf Ingrid natürlich… Zum wiederholten Mal an diesem Mittag tauchte vor Linde die furchtbare Frage auf, wann und vor allem wie er ihr die Nachricht vom Unfall beibringen sollte. Oder war es vielleicht am besten, erst mal Doktor Bauer zu verständigen? Der mußte schließlich wissen, wie man in so einer Situation mit einer psychisch Labilen umging. Wenn Ingrid ihn, Linde, nur sah, reichte das ja zur Zeit schon für den nächsten Zusammenbruch. Und dann ein Gespräch über Pablo…

Mitten in diesen Gedanken überkam Linde die Vorstellung, Ingrid würde sich umbringen. Er erwog diese Möglichkeit nicht zum ersten Mal, aber noch nie war sie ihm so konkret erschienen. Wenn man alles zusammennahm – die verschwundene Tochter, der verhaßte Mann und nun der Sohn im Koma –, blieb ihr ja kaum etwas anderes übrig. Auf was konnte sie in diesem Leben denn noch hoffen? Mit ihm in den nächsten zwanzig Jahren alt werden? Bei der Aussicht sprang er ja selber gleich aus dem Fenster.

Nein, das hatte er nicht gedacht. Jedenfalls nicht so gemeint. Aber besonders rosig sah es für sie nun wirklich nicht aus, und dabei…

Plötzlich wandte er den Kopf und schaute zu dem Hochzeitsfoto, das seit ihrer Heirat gerahmt im Regal stand und das er seit Jahren nicht mehr richtig angeguckt hatte. Schwarzweiß, Ingrid im weißen Kleid, er im Anzug, gemeinsam auf einer Schaukel sitzend und lachend. Was für ein heiteres Paar sie gewesen waren. Er betrachtete Ingrids Grübchen, ihre damals noch vollen, weichen Wangen, die leuchtenden, hellen Augen – nichts, was auf die gebeugte, magere Gestalt schließen ließ, die heute mit leerem Blick und verbissenem Mund in der Sofaecke über irgendwelchen scheußlichen Handarbeiten kauerte.

Wo war seine Ingrid geblieben? Die junge Referendarin, hinter der das halbe männliche Kollegium des Schiller-Gymnasiums hergewesen war? Er erinnerte sich, wie er sie die ersten Tage nicht zu Gesicht bekam, immer nur von anderen hörte: »Du, da ist eine Neue, die sieht vielleicht aus, und charmant ist sie und witzig und klug, spricht mehrere Sprachen« – alle waren begeistert. Allerdings sagte jeder: »Aber mach dir keine Hoffnungen, die läßt keinen ran.« Naja… Linde mußte lächeln. Als er sie dann das erstemal sah, trug sie enge Wildlederhosen und Cowboystiefel. Konnte er sich die Ingrid von heute in Cowboystiefeln vorstellen? Dazu ein knallrotes Hemd und indianischen Schmuck. Eine Squaw, hatte er gedacht und ihr das bei der Weihnachtsfeier auch gesagt.

»Darf ich das als Kompliment verstehen?«

»Verstehen Sie's als Heiratsantrag.«

So waren sie damals: locker, spontan, keine Angst… An der Weihnachtsfeier war der Heiratsantrag natürlich noch ein Spaß gewesen, aber dann: wie im Rausch, mit fliegenden Fahnen, voller Gier und Lust. Schon ein paar Wochen später ging's zu Ingrids Eltern, und im Sommer fand die Hochzeit statt. Und was sie in den ersten Jahren alles unternahmen: Venedig, griechische Inseln, Frankreich, Dänemark, Wien. Aber auch zu Hause: Jedes zweite Wochenende nach Frankfurt, tanzen, Bowling, Vernissagen, chinesisch essen, und auf der Rückfahrt konnten sie's oft nicht abwarten und sind einfach auf den nächsten Parkplatz. Wenn er daran dachte, wie Ingrid heute redete, von wegen erotisch seien für sie Picassobilder oder irgendein modernes Ballett. Oder an ihre Hymnen auf die Zärtlichkeit. Damals auf den Parkplätzen hätte sie sich für Zärtlichkeit und ein Gespräch über Kubismus schön bedankt!

Oft herausgeputzt wie eine Hollywoodschauspielerin mit Minirock, knapper Bluse, Lippenstift und rotem Nagellack, zog sie überall sämtliche Blicke auf sich, und niemand, wirklich niemand hätte sich vorstellen können, daß dieses Zauberwesen einmal nur noch in Pullovern wie Zelten rumlaufen und natürlichen Haarwuchs an den Beinen propagieren würde. Was war passiert? Linde wußte es nicht. Er wußte nur, daß bald nach Martinas Geburt mit den Miniröcken und allem Schluß gewesen war. Und seitdem ging es bergab. Immer wenn er gedacht hatte: Jetzt ist der tiefste Punkt erreicht, jetzt kann es mit uns nur noch besser werden – zack, die nächste Katastrophe. Allein die

seit damals nicht endende Kette ihrer Zusammenbrüche. Jedesmal noch heftiger, noch verzweifelter
und ohne jede Rücksicht – nicht mal auf die Kinder. Hemmungslos überschwemmte sie Martina
und Pablo von klein an mit ihrem Leid. Betrachtete schon die Babys wie Verlorene, sprach, als die
beiden älter wurden, mit jedem zweiten Satz eine
Warnung aus, lehrte sie Mißtrauen gegen alles und
jeden, und wenn sie sie morgens vor der Schule in
den Arm nahm, hätte man meinen können, es sei
ein Abschied für immer. Im Grunde hatten die
Kinder ihre Mutter nie kennengelernt – ihre wirkliche Mutter, die Frau, in die er unsterblich verliebt
gewesen war, mit der er eine Familie gründen und
sein Leben hatte teilen wollen; die Frau, die einmal
gesagt hatte: »Alle noch so blöden Momente muß
man auch immer genießen, denn es ist schließlich
jedesmal einer der letzten Momente, die einem von
diesem wunderbaren Geschenk namens Leben noch
bleiben.«

Linde schüttelte den Kopf. So hatte sie geredet!
Seine Squaw! Sein Ingelein! Gut, da war oft auch
viel junges Poesiealbumzeugs dabeigewesen, aber
das änderte nichts daran, daß Ingrid damals immer
gewirkt hatte, als wolle sie die ganze Welt umar-
men.

Und ganz spurlos war die Squaw ja nicht verschwunden. Zum Beispiel Martina. Woher hatte sie denn diese physische Präsenz, diese Intensität, diesen Appetit aufs Sinnliche? Von ihrer Mutter, ohne daß sie das wissen konnte, weil so hatte sie ihre Mutter ja nie erlebt. Und als er Martina heranwachsen und sich entwickeln sah und daneben Ingrid von Jahr zu Jahr immer mehr Heilige und als sei der Körper nur dazu da, die Fußnägel zu schneiden, da hatte er versucht, Martina Mut zu machen, sie in ihrer Weiblichkeit zu bestärken, so wie Pablo, wenn auch anders, in seiner Männlichkeit. Er wollte einfach nicht mit ansehen, wie Ingrids zunehmende Nonnenhaftigkeit die Kinder erstickte und mit schlechtem Gewissen quälte. Er wußte doch, wie sie eigentlich war. Und nur weil Ingrid irgendwann offenbar beschlossen hatte, daß das Leben doch kein so wunderbares Geschenk darstellte, und auch die guten Momente nicht mehr genießen wollte, mußten die Kinder das doch nicht ausbaden.

Ja, im Grunde war er all die Jahre immer nur bemüht gewesen, die eigentliche Ingrid nicht verschüttgehen zu lassen, sie für die Kinder so lange zu ersetzen, bis hoffentlich irgendwann das Original zurückkehrte. Denn fürs Optimistische, Verspielte, Heitere hatte ja eigentlich, was die Erziehung der Kinder betraf – jedenfalls war er bis kurz nach Martinas Geburt davon ausgegangen –, Ingrid zuständig sein sollen. Und er für die ernsteren, tieferen, gewichtigeren Dinge. Und plötzlich hatte er alles übernehmen müssen.

Erneut schaute Linde auf das Hochzeitsfoto. Oder bildete er sich das nur ein? Hatte er sich einfach eine junge, naive Referendarin geschnappt, versucht, sie nach seinen Bedürfnissen und Idealen zu formen, und sie statt dessen zugrunde gerichtet?

Jetzt sponn er schon wie die Ingrid von heute! Wütend wischte er Eierschalensplitter vom Tisch in seine Hand und tat sie auf den Teller. Daß er sich bloß nicht solchen Unsinn einreden ließ! Sonst säße er auch bald bei Doktor Bauer.

»Wahnhafte Depressionen«, so hieß ihr Krankheitsbild. Und der Wahn traf ihn.

Automatisch dachte er an die Klinik und fragte sich, wo er Ingrid zum Gespräch treffen würde. In ihrem kleinen Zimmer? Im Besucherraum? Oder auf dem Flur zwischen anderen Patienten, während die Schwester zum Abendessen rief. »Hör mal, Pablo liegt im Koma…« Wäre dann vielleicht doch mal der tiefste Punkt erreicht? Der Wahn kein Ausweg mehr? Würde Ingrid vielleicht endlich aufwachen?

Oder wenn er sie, schoß es ihm plötzlich durch den Kopf, einfach mitnahm? Entführte? Befreite?

Würde sie das vielleicht zu schätzen wissen? Wachrütteln? Nach all den Jahren neu entflammen? Wenn er da wie ein Ritter reinmarschierte und sich seine Frau holte – vielleicht wartete sie nur auf so was? Wie damals, wenn er trotz ihrer Scheu auf den nächsten Parkplatz gefahren war. Was würde er nicht alles darum geben, noch einmal mit der Ingrid von früher zu reden! Noch einmal diese Vertrautheit und Nähe zu spüren und in dem Gefühl geborgen zu sein, daß es einen Menschen auf der Welt gab, der einen bis ins tiefste Innere erkannte!

Und auf einmal wußte er, was er zu tun hatte. Was vielleicht seine einzige Chance war. Die letzte Möglichkeit, Ingrid zurück und ihrer beider Leben wieder auf die Reihe zu kriegen. Ohnehin mußte er ihr von dem Besuch von Martinas Freund und dem Grund für Pablos Durchdrehen erzählen. Und so würde er ihr endlich die Wahrheit über Südfrankreich sagen! Eine Wahrheit die, so schäbig sie auf den ersten Blick erscheinen mochte, von nichts anderem als Sehnsucht und großer Liebe herrührte. Lange Zeit hatte er sie selber nicht erkannt, aber nach Martinas Selbstmordversuch und dem denkwürdigen Gespräch mit dem Psychologen und der Möglichkeit, daß alles auf den Tisch käme, war es ihm wie Schuppen von den Augen gefallen. Und hätte Ingrid seitdem nur einmal eine gewisse Gesprächsbereitschaft signalisiert, wäre das gestern alles vielleicht gar nicht passiert. Ja, er hatte Martina an dem Morgen wie eine Frau und nicht wie seine Tochter angesehen! Und zwar wie die Frau, die er vor langer Zeit so sehr begehrt hatte und immer noch jeden Tag schmerzlich vermißte und der Martina mit den Jahren immer ähnlicher geworden war. Für einen kurzen Moment, noch vom Schlaf benommen und im hellen, gleißenden Licht Südfrankreichs hatte er Martina tatsächlich für seine Ingrid, seine Squaw, gehalten. Und ganz verborgen war das Martina wohl nicht geblieben. Doch konnte man ihm daraus einen Strick drehen? Außenstehende vermutlich schon – aber Ingrid? Mußte es ihr nicht ebenfalls wie Schuppen von den Augen fallen, wohin sie ihn durch ihre veränderte Art und ihr immer ablehnenderes Verhalten der letzten Jahre getrieben hatte? War die Verwechslung, die ihm da unterlaufen war, nicht ein einziger lauter Schrei nach ihrer Liebe gewesen?! Und hatte nicht auch das Tragen der Ringelsocken unbewußt für seinen Wunsch gestanden, endlich wieder zur Familie zusammenzufinden, mit Kindern, die ihren Eltern reizende Geburtstagsgeschenke machten? War das nicht alles Ausdruck seiner tiefen Verzweiflung gewesen? Seiner Sehnsucht nach ihrem vergangenen Glück…?

Linde sah ergriffen durchs Wohnzimmerfenster in die Ferne. Würde Ingrid dieses Geständnis an sich abprallen lassen können? Mußte es sie nicht endlich zur Besinnung bringen?

Linde fuhr fort, über Bäume und Nachbardächer in den blauen Himmel zu blicken, und gönnte sich den Traum, wie sie gemeinsam an Pablos Krankenhausbett säßen, ihm von ihrer Versöhnung, einem Neubeginn und einer wunderbaren Zukunft erzählten, wie Pablo endlich die Augen aufschlüge und sie sich alle drei heulend zwischen Schläuchen und Apparaten in den Armen lägen.

Dann läutete das Telefon. Linde schreckte hoch. Das Krankenhaus, dachte er und lief schnell in sein Zimmer.

12

Hallo, Joachim, hier ist Gerhard.«
»Oh, hallo.« Am liebsten hätte Linde sofort wieder aufgelegt. »Es paßt gerade schlecht.«

»Tja, nun, tut mir leid, aber… Also, ich muß jetzt sofort mit dir reden.«

Linde stutzte. So rumdrucksend kannte er Bruns nicht. Besaß er etwa Neuigkeiten aus dem Krankenhaus? Aber das war ja Quatsch, er hatte gestern nacht doch gar nicht mitgekriegt, was mit Pablo los war.

»Gerhard, Pablo liegt im Krankenhaus im Koma, er hatte gestern einen Autounfall, und ich muß die Leitung freihalten.«

»Was…?! O Gott!«

»Ja, und darum… Ich fahre zwar gleich wieder hin, aber falls die Schwester anruft…«

»Joachim, das ist ja schrecklich!«

»Ja.«

»Gibt's denn, ich meine – kann man irgendwas tun?«

»Ich weiß nicht… Daumen drücken… Der Arzt sagt, die Chancen, daß er bald wieder aufwacht, stünden nicht schlecht, aber… Naja, was weiß ich, was die erzählen, um einen zu beruhigen…«

»Wann ist es passiert?«

»Gestern abend. Darum habe ich dich angerufen – falls du dich noch erinnerst – und nicht…« Linde brach ab. Das half ihm jetzt auch nicht weiter.

Nach einer Pause sagte Bruns: »Das tut mir leid.«

»Konntest es ja nicht wissen.«

»Trotzdem.«

»Schon gut.«

»Also, sag: Kann ich dir was helfen? Brauchst du was? Soll ich zu dir kommen?«

»Ich…« Komisch, dachte Linde, auf einmal verhielt er sich tatsächlich wie ein Freund. »Danke, Gerhard, das ist nett, aber… Vielleicht später, wenn ich aus dem Krankenhaus zurück bin. Oder ich komm bei dir vorbei. Es ist hart, jetzt alleine zu sein. Weißt du, Ingrid ist wieder in der Klinik, und…« Linde atmete tief ein und seufzte: »Sie weiß es noch nicht.«

»Ja…« Bruns räusperte sich. »Das, äh, das hab ich mir schon gedacht.«

»Bitte?«

»Nun… Joachim, vielleicht ist es am besten, ich

komm jetzt doch erst mal zu dir. Wenn du willst, kann ich dich dann auch ins Krankenhaus fahren.«

»Gerhard, was...?« Lindes Hand umklammerte den Hörer.

»Wirklich, Joachim – ich komm jetzt erst mal.«

»Sag mir, was du damit gemeint hast: Das hab ich mir schon gedacht?!«

»Bitte, beruhig dich!«

Linde brüllte: »Warum hast du angerufen?!«

»Also gut, aber es ist wirklich kein Grund, dich noch mehr aufzuregen. Wir kriegen das bestimmt wieder hin...«

»Was, verdammt noch mal?!«

Einen Augenblick herrschte Stille im Hörer, dann sagte Bruns: »Ingrid hat mir und einigen Lehrern eine E-Mail geschickt.«

»E-Mail...«, wiederholte Linde, als sei er schwer von Begriff.

»Ja, eine E-Mail. Ich wußte gar nicht, daß Ingrid sich mit Computern auskennt.«

»Das hat Pablo ihr beigebracht.«

»Aha, nun...«

»Was steht in der E-Mail?!«

»Sie... also, kurz gesagt: Sie legt der Schule nahe, dich zu entlassen.«

»Mich zu...« Linde blieb die Luft weg.

»Und sie begründet das mit... Joachim, es ist

mir wirklich unangenehm. Sowieso, aber nun ausgerechnet einen Tag nach Pablos Unfall. Aber es
bleibt uns nichts anderes übrig, spätestens bei der
Konferenz am Montag müssen wir eine Erklärung
abgeben.«

Linde hatte das Gefühl, als liefe ihm durch ein
kleines Loch der Kopf aus.

»Ich habe keine Ahnung, wie viele die E-Mail
bekommen haben, aber die drei, von denen ich's
weiß, reichen, damit die Angelegenheit bis Montag
zum Schulthema wird. Allein Rost, die alte Quas-
selstrippe – du verstehst, was ich meine.«

Dirk Rost. Dem hatte er, als er aus Mannheim
neu an die Schule gekommen war, ihren alten Kühlschrank verkauft, und beim Abholen hatte Ingrid
sich mit ihm fast eine Stunde lang über irgendwelche Heilsalben unterhalten. Und fix seine E-Mail-
Adresse aufgeschrieben. Diese Schlange!

»Joachim, wir haben uns in den letzten Jahren
ziemlich voneinander entfernt, und ich weiß nicht
mehr genug über dein und euer Leben, um beurtei-
len zu können, ob Ingrids Anschuldigungen reine
Hirngespinste sind oder ob was dran ist. Darum,
glaub mir, hab ich noch keine Meinung dazu. Fakt
ist nur diese E-Mail. Allerdings von einer Frau –
und dieser Punkt beruhigt mich, ehrlich gesagt –,
deren Wahrnehmung schon seit Jahren alles andere

als ungetrübt ist…« Bruns zögerte, schien auf eine Reaktion Lindes zu warten, doch das einzige, was Linde fertigbrachte, war, dicht am Telefon zu atmen, zum Zeichen, daß er dranblieb und hören wollte. Dabei dachte er: Eine E-Mail. Durften Patienten in der Klinik Computer benutzen? Oder war Ingrid in ein Internetcafé gegangen? Dann erinnerte er sich, daß ihm vor Monaten ein Patient aufgefallen war, wie er mit debilem Grinsen im Sekretariat vor dem Computer gesessen und sich über irgendwelche bunten Bilder gefreut hatte.

»Was also in der E-Mail steht, ist mehr oder weniger folgendes: Du hättest schon kurz nach eurer Heirat angefangen, hinter anderen Frauen herzusein, wenn auch – ich sage nur, was in der E-Mail steht – ohne großen Erfolg. Was ihr wegen ihrer eigenen Jugend damals nicht aufgefallen sei oder was sie aus verständlichen Gründen nicht habe wahrhaben wollen, war, daß es sich dabei auch immer wieder um junge Mädchen handelte. Also… um Schülerinnen. Aber unter uns: Es klingt eigentlich nur nach Was-bei-drei-nicht-auf-den-Bäumen-ist, und solche Phasen kennen wir ja alle. Jedenfalls sind dann Pablo und Martina gekommen, trotzdem hättest du nicht aufgehört, dich anderweitig umzusehen, und bald habe sie sich in einer Falle gefühlt und angefangen, an eurer Situation und dem Leben zu verzweifeln. Naja« – Bruns schien einen Augenblick abzuwägen –, »das hab ich ja auch noch mitgekriegt, wie sie nach Martinas Geburt auf einmal regelmäßig Heulkrämpfe kriegte und ganze Tage im Bett verbrachte. Aber was ich von ihrer Begründung dafür halten soll…« Wieder schien Bruns abzuwägen. »Damals kam mir die Erklärung, daß es sich um normale Nachschwangerschaftsdepressionen handeln würde, jedenfalls einleuchtend vor. Gerade für jemanden wie Ingrid: Der Druck, auf einmal als Mutter eine verantwortliche Erwachsene sein zu müssen. Ich meine, erinnerst du dich, wie sie bei uns an der Schule anfing?«

Was für eine Frage, dachte Linde.

»Mir kam sie immer vor wie so eine Art Schmetterling: bunt und irgendwie fröhlich, aber auch ziemlich hektisch rumflatternd. Manchmal dachte ich, wenn ich mit ihr geredet habe, hoffentlich fängt sie nicht gleich mitten im Gespräch an zu tanzen oder zu singen. Und offen gesagt wirkte diese dauernde Vorführung, was für ein unbekümmertes, sonniges Wesen sie sei, oft einfach nur hysterisch. Naja, und so was rächt sich eben. Bei ihren ersten Zusammenbrüchen hab ich sogar gedacht, das sei gar nicht schlecht für sie. Endlich käme sie von diesem krampfhaften Dauer-oh-wie-schön runter und ins richtige Leben, würde eben erwachsen.«

Bruns hielt inne, und Linde hörte, wie er sich eine Zigarette anzündete.

»Vielleicht liegt ja alles an ihren Apothekereltern, von denen du immer diese düsteren, verklemmten Geschichten erzählt hast. Ich meine, ist doch einfach: depressive Spießereltern, die Tochter wehrt sich dagegen mit völlig übersteigertem Frohsinn, und irgendwann holt sie die Herkunft wieder ein. So könnte man's jedenfalls sehen.«

Linde hörte, wie Bruns an der Zigarette zog und Rauch ausblies. Als Bruns nach einer Weile immer noch keine Anstalten machte, weiterzusprechen, fragte Linde in beherrschtem, fast beiläufigem Ton: »Gerhard, was ist der eigentliche Punkt in der E-Mail?«

Wieder blieb es ein paar Sekunden still, dann räusperte sich Bruns und antwortete: »Daß der wirkliche Scheiß bei euch anfing, als sie gemerkt habe, daß du Martina nachsteigst.«

Linde horchte Bruns' Worten nach und wartete auf irgendeine körperliche Reaktion oder irgendein Gefühl. Doch nichts passierte. Sein Atem ging regelmäßig, er empfand weder Hitze noch Kälte, und kein Muskel hatte sich angespannt. Mit übereinandergeschlagenen Beinen saß er im Stuhl und sah durchs Fenster hinaus in den Garten.

War es also raus. Was immer *es* war. Im Zweifelsfall nur, daß es sich bei Lindes um eine völlig kaputte Familie handelte. Denn daß er seiner Tochter *nachgestiegen* sei, war wohl der größte Blödsinn, den er sich in den letzten an Blödsinn wahrlich nicht armen Tagen hatte anhören müssen. Abgesehen von der Lüge – wie konnte man nur so reden? Da zerbrach die Familie, und die Mutter formulierte wie im Jugendclub.

»…Joachim?«

»Ja.«

»Es tut mir leid, aber bis zur Konferenz am Montag müssen wir irgendwas dazu zu sagen haben.«

Linde schaute auf die Komposthaufengrube, die er vor nicht mal einer Stunde für Ingrid ausgehoben hatte.

»Übrigens die Konferenz, bei der wir auch über den Vorfall mit Oliver Jonker sprechen werden.« Bruns seufzte. »…Stimmt es denn?«

»Was?«

»Mit Martina.«

Ob es stimmte!

»Du erwartest doch hoffentlich nicht ernsthaft eine Antwort auf diese Frage?«

»Ähm, naja, ich möchte schon sicher sein, daß es sich dabei nur um Ingrids Hirngespinste handelt.«

»Um was denn sonst?« Linde wartete und rechnete mit einer zumindest schwachen Entschuldigung. Doch Bruns reagierte nicht.

Schließlich sagte Linde: »Oder um es in der von dir geschätzten Einfachheit zu formulieren: Nein, es stimmt nicht. Es ist ein völlig irrsinniger, unglaublich bösartiger Quatsch. Ein weiterer Abschnitt in Ingrids mit Projektionen gespeistem Masterplan, mich zu zerstören. Keine Ahnung, welche Sexerfahrungen da zum Ausdruck kommen. Vielleicht sollte man mal ihren Vater fragen. Aber ehrlich gesagt: Es interessiert mich gar nicht mehr. Ich habe einfach die Schnauze voll! Ich will nur noch raus aus dieser Hölle und wieder ein normales Leben führen. Oder glaubst du, wenn irgendwas dran wäre, würde ich hier noch ruhig sitzen? Abgesehen von meinen eigenen Moralvorstellungen – wenn diese Geschichte rum ist in der Öffentlichkeit und ich kein reines Gewissen hätte, was bliebe mir denn noch anderes übrig, als mich vor den nächsten Zug zu werfen? Was ja übrigens allem Anschein nach Ingrids Ziel ist. Vielleicht sollte ihr einer von ihren Psychologen mal erklären, daß ihre Probleme damit sicher nicht gelöst wären.« Linde lachte bitter auf. »Nur meine.«

»Joachim, bitte!«

»Ja, ja, schon gut. Keine Angst. Diesen Erfolg gönn ich ihr nicht.« Linde setzte sich im Stuhl auf.

»So. Ich muß jetzt ins Krankenhaus. Ingrids Theorien sind sicher sehr interessant, aber mein Sohn liegt im Koma, und das beschäftigt mich dann doch noch ein bißchen mehr.«

»Joachim, das alles tut mir ungeheuer leid.«

»Danke, Gerhard. Und wegen der Konferenz am Montag mach dir keine Sorgen, ich werde alles erklären.«

»Bist du sicher? Wenn du willst, können wir sie verschieben.«

»Nein, nein. Je eher die Sache vom Tisch ist, desto besser.«

»Nun, wenn du meinst.«

Eine Pause entstand, und Linde dachte: Er glaubt mir nicht. Mein alter Freund Bruns verdächtigt mich tatsächlich, etwas mit der eigenen Tochter angestellt zu haben!

Nach einer Weile sagte Bruns: »Abgesehen davon, mein Angebot steht natürlich: Wenn du irgendeine Hilfe brauchst…«

»Danke. Ich ruf dich an, sobald ich klarer sehe. Das einzige, worum ich dich jetzt schon bitten möchte: Ich habe Montag Frühkurs – wenn du mir dafür eine Vertretung besorgen könntest. Ich denke, ich brauche meine ganze Kraft für die Konferenz.«

»Na klar, kein Problem.«

»Also dann… bis später.«

»Bis später. Und… Kopf hoch, mein Lieber.«

Nachdem Linde aufgelegt hatte, ging er ins Bad zu Ingrids Medizinschrank und schluckte zwei von ihren extrastarken Beruhigungspillen. Das Döschen steckte er ein. Anschließend rief er ein Taxi, das ihn zum Krankenhaus fuhr. Den Nachmittag und die folgenden zwei Tage verbrachte er an Pablos Bett, hielt seine Hand und versuchte, ihn mit fröhlichen Geschichten aus ihrer Vergangenheit und optimistischen Plänen ins Leben zurückzureden. Manchmal glaubte er, eine Reaktion – die Andeutung eines Lächelns oder ein Gliederzucken – zu erhalten, doch Sonntag abend war Pablos Zustand immer noch unverändert.

Zu Hause nahm er wieder Beruhigungspillen und legte sich vor den Fernseher. Während der Nachrichten und einem Bericht über neue Steuergesetze dachte er an die Konferenz am nächsten Mittag und stellte sich die Schar von Kollegen vor, wie sie es kaum erwarten konnten, über ihn Gericht zu halten. Und mittendrin Bruns, noch die Spuren und den Geruch von irgendeinem Jeremy am Körper. Wie er dieses ganze Pack verachtete.

Nach dem Bericht über die Steuergesetze kam die Meldung eines neuen Selbstmordattentats in Israel. Eine Palästinenserin hatte sich an einem Grenzübergang in die Luft gesprengt, elf Tote. Von den Beruhigungspillen benebelt, schüttelte Linde schwach den Kopf. Was für ein Drama. Eine Mutter von zwei Kindern. Und die ganze Welt schaute zu. Wie gerne hätte er jetzt mit Pablo darüber geredet.

Bei den anschließenden Sportnachrichten schlief Linde ein.

13

Ein neuer blauer, sonniger Frühlingstag. Linde fuhr in den Schulhof, stieg vom Fahrrad und lehnte es an den Gitterzaun. Obwohl er eben noch eine von Ingrids Beruhigungspillen genommen hatte, zitterten seine Hände, und er brauchte einen Moment, um das Fahrradschloß durchs Gitter zu ziehen und mit dem kleinen Schlüssel abzuschließen. Dann nahm er seine Ledertasche aus dem Korb und ging über den leeren Hof zum Verwaltungsgebäude. In den Fenstern des Konferenzraums sah er die Köpfe einiger Kollegen, die seine Ankunft beobachteten.

In den letzten zwei Tagen war ihm immer deutlicher geworden, daß diese Konferenz seine große, vielleicht einzige, Chance war. Freitag hatte er Bruns das noch so hingeworfen: »Wegen der Konferenz am Montag mach dir keine Sorgen.« Aber inzwischen glaubte er, wenn er heute scheiterte, war es mit seiner Zukunft am Schiller-Gymnasium, wenn nicht sogar als Lehrer, vorbei. Eine Vorliebe für Minderjährige war so ziemlich der böseste Verdacht, dem man als Pädagoge ausgesetzt sein konnte. Zwar hatte er sich einen, wie er fand, ziemlich geschickten Plan ausgedacht, wie er seine Rede vor der Konferenz gestalten wollte, aber wenn der nicht funktionierte, wenn die Kollegen ihm nicht folgten oder es ohnhin schon beschlossene Sache war, ihn abzuschießen, dann konnte er die Koffer packen.

Er zog die Glastür auf, wünschte der Frau im Empfang »Guten Tag« und stieg die Treppe hinauf. Mit jeder Stufe schien sein Magen schwerer und sein Mund trockener zu werden.

Im Türrahmen zum Raucherzimmer lehnte Dirk Rost und sprach mit jemandem im Zimmer. Wieder dachte Linde an den Tag, an dem Rost den Kühlschrank abgeholt hatte. Ob er und Ingrid danach in Kontakt geblieben waren? Sich auch über Heilsalben hinaus ausgetauscht hatten? War Rost die letzten Jahre womöglich eine Art E-Mail-Hausfreund gewesen, ohne daß er, Linde, es mitgekriegt hatte?

Als Rost Linde aus den Augenwinkeln wahrnahm, redete er lauter und schien sehr auf sein Gespräch konzentriert zu sein.

»Guten Tag, Dirk.«

Rost wandte überrascht den Kopf. »Oh. Hallo, Joachim.«

Im Raucherzimmer erkannte Linde Barbara Woodbrigde, eine Amerikanerin, die Englisch gab und nebenbei Felskletterausflüge für interessierte Schüler und Lehrer organisierte. Eine Amerikanerin, dachte Linde, wenn sie von der E-Mail gehört hat, sieht sie wohl gerade den Leibhaftigen vor sich.

»Bis gleich in der Konferenz.«

Rost lächelte unbehaglich. »Ja, bis gleich.«

»Hi, Barbara!« Linde grüßte ins Zimmer.

»Oh, hi… How are you?«

Ohne zu antworten, ging Linde weiter den Flur entlang. Als er um die Ecke bog, sah er vor der Tür zum Konferenzraum Bruns stehen und sich mit Roland Zerke, dem Chemielehrer, unterhalten.

Bruns hatte Samstag und Sonntag vier- oder fünfmal angerufen, sich nach Pablos Zustand erkundigt, Hilfe angeboten und nebenbei auch immer wieder gefragt, ob Linde sicher sei, am Montag vor die Konferenz treten zu wollen.

»Sie werden dich nicht gerade lieben, weißt du?«

»Und was schlägst du vor? Daß ich mich verkrieche? Dann wär ich in ihren Augen ja wohl endgültig schuldig.«

»Ich denke nur, du solltest dir ein bißchen Zeit lassen. Du mußt doch völlig mit den Nerven runter sein.«

»Eben. Und darum will ich nicht auch noch riskieren, meinen Job zu verlieren.«

»Aber, Joachim, ich garantiere dir…«

»Danke. Aber wenn die Geschichte noch länger dauert, bleibt dir gar nichts anderes übrig, als mich zu beurlauben und irgendwann zu feuern. Selbst wenn du das nie wollen würdest.«

»Ich bin froh, daß du das weißt.«

»Hallo, Joachim!« Bruns wandte sich kurz zurück an Zerke, um ihm leise etwas zu sagen, und während Zerke im Konferenzraum verschwand, ging Bruns Linde entgegen. Als sie voreinander stehenblieben, schien Bruns einen Augenblick unsicher zu sein, wie sich das erste Wiedersehen nach den Ereignissen der letzten Tage gestalten sollte. Außerdem verwirrte ihn offensichtlich der Anblick von Lindes blau verfärbtem Auge und der verschorften Lippe. Dann beugte er sich plötzlich vor, umarmte Linde und sagte: »Armes Schwein.«

Über Bruns' Schulter hinweg sah Linde, wie Zerke und Katja Sörensen die Geste mitbekamen.

»Wie fühlst du dich?« Bruns ließ eine Hand auf Lindes Schulter liegen.

»Naja, den Umständen entsprechend. Ich war eben noch im Krankenhaus. Weißt du, wenn ich Pablo da sehe – dagegen ist die Konferenz jetzt ein Klacks.«

Bruns nickte. »Verstehe.« Doch sein Ausdruck blieb besorgt.

Sonntag nachmittag hatte er Linde gesagt, er wisse von vierundzwanzig Empfängern der E-Mail. Offenbar besaß Ingrid die Adresse des Verteilers, der eintreffende Nachrichten automatisch an sämtliche Mitarbeiter weitersandte, normalerweise Ferientermine oder den wöchentlichen Speiseplan der Kantine.

»Was ist mit deinem Gesicht?«

»Ach … In der ganzen Aufregung Freitag abend bin ich auch noch die Treppe runtergestürzt. Halb so schlimm.« Linde zuckte mit den Achseln und lächelte tapfer. »Also, komm, bringen wir's hinter uns.«

Fünf Minuten später läutete Bruns das Konferenzglöckchen. Etwa vierzig Leute saßen an große Tische verteilt, in der Mitte an der Wand Bruns, sämtliche Anwesenden vor sich, in der Ecke, auf seinem üblichen Platz, Linde.

Es dauerte eine Weile und weiteres Glöckchenläuten, bis das allgemeine Getuschel verstummte.

Bruns wartete einen Moment, bis auch der letzte seine Kaffeetasse abgestellt hatte, dann erklärte er mit leiser, gefaßter Stimme: »Liebe Kolleginnen, liebe Kollegen, ich will es kurz machen: In meiner über zwanzigjährigen Arbeit an unserer Schule ist das sicher einer der schwersten Momente für mich. Ich gehe davon aus, Sie alle haben letzten Freitag eine ungeheuerliche E-Mail erhalten oder wissen jedenfalls über deren Inhalt Bescheid…« Bruns warf einen fragenden Blick durch den Raum. Niemand meldete sich.

»Wie viele von Ihnen war ich völlig schockiert. Nicht nur, weil die Anschuldigungen, die in dem Text erhoben werden, gegen einen Kollegen gerichtet sind, sondern in meinem Fall auch gegen einen guten Bekannten. Ich kenne Joachim Linde seit etwa fünfundzwanzig, seine Frau Ingrid seit zwanzig Jahren. Niemals wäre ich auf die Idee gekommen, einmal im Zusammenhang mit den beiden mit solch einer Situation konfrontiert zu werden. Aber« – Bruns hob die Hände –, »das Leben geht seine eigenen Wege. Was Sie wahrscheinlich nicht wissen werden: Zu allem hatte Ingrid und Joachim Lindes Sohn Pablo am Wochenende auch noch einen schweren Autounfall und liegt im Krankenhaus im Koma…«

Ein Raunen hob an, viele schauten auf Linde, und zum ersten Mal seit seinem Eintritt in den Konferenzraum hatte er das Gefühl, als schlüge ihm nicht ausschließlich Verachtung entgegen. Vielleicht war es nur Neugierde, wie einer das alles verkraftete, vielleicht aber auch ein bißchen das Gefühl, daß bei soviel Unglück die Dinge wohl komplizierter liegen mußten. Daß es nicht einfach nur den bösen Linde geben konnte. Wie zur Versicherung, ob er noch dasei, tastete Linde nach dem Pappumschlag mit Pablos Fotos, die er Donnerstag abend in dessen Zimmer gefunden hatte und die jetzt vor ihm auf dem Tisch lagen. Darauf basierte sein Plan. Damit wollte er den Umschwung schaffen. Doch alles war eine Frage der Stimmung, und Linde betete, daß die Kollegen gut geschlafen hatten.

»Trotzdem hat mich Joachim – und ich möchte Sie bitten, die Überwindung, die ihn dieser Schritt gekostet hat, anzuerkennen – gedrängt, heute in der Konferenz Stellung zu den Vorwürfen seiner Frau nehmen zu dürfen. Zu dem eigentlichen Anlaß – Oliver Jonkers Fehlverhalten – kommen wir dann später.« Bruns sah zu Linde und nickte ihm zu. »Bitte, Joachim…«

Sämtliche Gesichter wandten sich Linde zu. Für einen Augenblick wurde ihm schwindlig, und er meinte, sofort gehen zu müssen. Schnell verschränkte er die Arme, stützte haltsuchend die Ellbogen auf den Tisch und heftete den Blick vor sich auf die Platte.

»Liebe Kolleginnen, liebe Kollegen, liebe Freunde… Ich erwarte weder euer Verständnis noch eure Anteilnahme, aber ich hoffe auf eure Geduld…«

Den ganzen Sonntag hatte Linde immer wieder überlegt, ob er die Versammelten wie bei anderen Konferenzen duzen sollte. Es kam ihm bei diesem Anlaß etwas ranschmeißerisch vor. Andererseits hätte der plötzliche Wechsel zum Sie womöglich wie ein unterschwelliges Schuldbekenntnis gewirkt. Von wegen, er wisse, daß er mit ihnen nicht mehr im selben Boot sitze.

»…weil es eine lange, komplizierte Geschichte ist und es eine Weile dauern wird, die Zusammenhänge so deutlich zu machen, daß allen Beteiligten Gerechtigkeit widerfährt. Denn wie in den meisten problematischen Situationen gibt es, jedenfalls nach meinem Dafürhalten, auch hier weder Gute noch Böse noch Schuldige, sondern nur Unglückliche. Und natürlich Ungeschickte, auf jeden Fall einen, nämlich mich – doch dazu später. Dabei, das dürft ihr mir glauben, verkenne ich nicht den für alle höchst unangenehmen Umstand, daß peinlichstes Privatleben abgehandelt wird. Doch dafür kann ich nichts. Meine Frau hat diesen unwiderruflichen Weg in die Öffentlichkeit gewählt, und mir bleibt nichts anderes übrig, als ihr auf diesem Weg zu folgen. Oder anders gesagt: Sie hat mich vor euern Augen ans Kreuz genagelt, und nun kann ich euch den Anblick meiner blutenden Wunden leider nicht ersparen…«

Irgendwo hüstelte jemand laut. Linde tippte auf Katja Sörensen. Ohne den Blick von der Tischplatte zu nehmen, machte er eine kurze Pause. Gerade so lang, daß das Hüsteln als einzelnes, isoliertes Geräusch verhallte.

»Was den meisten von euch bekannt sein dürfte: Meine Frau befindet sich seit über fünf Jahren in regelmäßiger psychiatrischer Behandlung. Auch jetzt hält sie sich in der Klinik auf, und zwar seit letztem Dienstag. Somit hat sie die E-Mail dort geschrieben und von dort versendet. Ich muß sagen: Ich bin erschüttert, daß Patienten, die unter starke Beruhigungsmittel und Psychopharmaka gesetzt sind, Zugang zu Computern und damit auch zu der bizarren Welt des Internets erhalten. Auch wenn ich kein Internet… -User, sagt man da, glaube ich – also, auch wenn ich das nicht bin…« Zu seinem Schrecken merkte Linde, wie er rot wurde. Dabei waren Besuche auf speziellen Internetseiten höchstens zwei-, dreimal vorgekommen. Schnell fuhr er fort: »…trotzdem weiß ich natürlich aus Presse und Fernsehen, auf was man dort stoßen kann. Nun, stellt euch eine Patientin vor, die beschlossen hat, ihren Mann nach zwanzigjähriger Ehe für alles verantwortlich zu machen, was in ihrem Leben schiefgelaufen ist oder sich an Träumen nicht erfüllt hat; die erst vor ein paar Tagen mit aller Gewalt das gemeinsame Heim zertrümmern wollte; und die sich nun unter dem Einfluß von Drogen durch das moderne Sodom und Gomorrha bewegt! Auf wie viele Sex- und Pornographie-Websites mag sie dort geraten sein? Nachts, alleine, unbeobachtet, im kalten Licht des Klinikneons. Und so haben wir also folgende Zutaten: Drogen, Frustration, Selbsthaß und eine Möglichkeit, oder besser gesagt: Anregung vor Augen, nämlich auf dem Bildschirm, wie dem angeblichen Grund fürs ganze Elend ernsthaft zu schaden sei. Sicher spielte dabei eine Rolle, daß meine Tochter und ich früher, bevor Martina in den Pubertätsstrudel geraten ist – mit dem euch bekannten schrecklichen Ergebnis, daß sie vor sechs Monaten versucht hat, sich umzubringen –, jedenfalls, daß wir davor ein sehr inniges Vater-Tochter-Verhältnis hatten und Ingrid auf unsere Beziehung manchmal geradezu eifersüchtig war. Aber ich bin überzeugt, auch ohne das hätte Ingrid in ihrem jetzigen Zustand keine Skrupel gehabt, etwas so Grausames und Wahnsinniges zu erfinden wie die Vorwürfe in der E-Mail – wenn es mir nur Qualen bereiten konnte!«

Linde machte eine Pause. Bis auf vereinzeltes Stühleknarren war nichts zu hören.

»Ja, unsere Ehe ist seit Jahren, wie man so sagt, zerrüttet. Mehr und mehr haben sich unterschiedliche Interessen, Prioritäten, Erwartungen, sogar sich einander ausschließende Lebensgrundsätze herausgeschält. Aber ist das eine Entschuldigung oder auch nur ein Grund dafür, den anderen zu zerstören? Und das ist alles, worum es in der E-Mail geht: Zerstörung. Egal wie und womit. Und es tut mir leid, daß ihr zum unfreiwilligen Publikum dieses erbärmlichen, jede Moral und Konvention mißachtenden Ehekriegs geworden seid. Ein bißchen komme ich mir vor wie in einem Eheberaterbuch, und zwar in dem Kapitel ›Extrembeispiele‹.«

Es gab ein paar verhaltene Lacher.

»Sicher hätte ich – um auf meine Ungeschicktheit zurückzukommen – in den letzten Wochen die Anzeichen erkennen müssen, daß meine Frau kurz vorm Durchdrehen ist und womöglich auf eine Art endgültigen Befreiungsschlag sinnt. Aber selbst wenn euch das nach diesem Ereignis schwer nachvollziehbar sein mag: Ich erinnere mich nach wie vor gut daran, wie sehr ich meine Frau einmal geliebt habe. Und was immer die Gründe dafür sind, daß sie in den letzten Jahren eine solche Persönlichkeitsveränderung durchgemacht hat – ich gehe davon aus, daß es von der Kindheit herrührende, schwerwiegende, also gute Gründe sind, auch wenn sie mir bis heute schleierhaft bleiben. Nennt mich dumm, vielleicht ignorant oder nicht ausreichend feinfühlig, aber glaubt mir: Ich bin kein schlechter Mensch – ich habe meine Frau nur nicht glücklich gemacht.«

Linde schloß langsam den Mund. Eine Weile ließ er die Stille wirken, ehe er für alle sichtbar tief durchatmete. Die veränderte Atmosphäre im Raum sagte ihm, daß er zumindest einen Teil der Anwesenden, wenn auch nicht auf seine Seite, so doch wenigstens an einen neutralen Beobachterort gezogen hatte.

Zum ersten Mal seit Beginn seiner Rede sah Linde von der Tischplatte auf. Was er mit einem Blick in die Runde wahrnahm, waren neben nachdenklichen, konsternierten Gesichtern auch viele wütende, wie er es sich gewünscht hatte. Denn wütend auf was oder wen? Auf eine Verrückte? Auf das Opfer einer Verrückten? Auf eine Spielart des Lebens? Und darum sagte oder fragte auch keiner was. Es gab nichts zu sagen oder zu fragen, so gerne sich wahrscheinlich viele mit Worten Luft verschafft hätten.

Also würde er ihnen Luft verschaffen.

»Manche von euch werden jetzt sicherlich überlegen, ob das zeitliche Zusammentreffen zweier solcher Schicksalsschläge wie Ingrids Tat und Pablos Unfall zufällig sei. Ob vielleicht Pablo von der E-Mail erfahren habe und darum in aufgewühltem

Zustand ins Auto gestiegen sei...« Kurz dachte Linde an das Gespräch mit dem Chefarzt vor ein paar Stunden. Er hatte ihm gesagt, selbst wenn Pablo bald aufwachen sollte, würde er sich an die letzten Tage und Wochen mit Sicherheit nicht erinnern. »Tatsächlich trifft nur einmal mehr die banale Weisheit zu: Ein Unglück kommt selten allein. Natürlich gab es einen schwerwiegenden Grund, damit Pablo, der normalerweise keinen Alkohol mag, sich betrinkt und dann auch noch Auto fährt. Aber – soll ich sagen: zum Glück? – Ingrids Phantasien spielten dabei keine Rolle. Und abgesehen davon, daß ihr Pablo alle kennt und – wie ich hoffe – genug schätzt, um wissen zu wollen, welche Umstände zu dem Drama geführt haben, ist mir kurz vor der Konferenz klargeworden, daß unser ursprünglicher Anlaß für diesen Termin und Pablos Unfall einen ähnlichen Hintergrund haben.«

Linde wandte sich an Bruns. »Erlaubst du, daß ich das Thema anschneide? Trotz allem müssen wir ja über die Stunde vom letzten Donnerstag reden, und ich würde gerne spätestens um zwei wieder im Krankenhaus sein.«

Bruns schaute ein wenig verdutzt. »...Ja... wenn du meinst.«

»Danke, Gerhard. Was Donnerstag in meinem Kurs ›Deutsche Nachkriegsschriftsteller und ihre

Auseinandersetzung mit dem Dritten Reich‹ dazu geführt hat, daß Oliver Jonker den Großeltern einer Mitschülerin die Vergasung gewünscht hat...«

Empörtes Geflüster unterbrach ihn. »Gibt's ja nicht!« – »So was!« – »Na aber, hoppla!«

Bruns hatte gesagt, er habe so viele Kollegen wie möglich schon am Donnerstag über den Vorfall mit Oliver informiert. Daß es *so* viele offenbar nicht gewesen waren, ärgerte Linde. Jetzt bloß keine Konzentration aufs falsche Thema.

Laut fuhr er fort: »Ich weiß, ich weiß, es klingt schrecklich. Aber hört euch bitte erst mal an, wie es dazu gekommen ist...« Linde wartete, bis das Geflüster aufhörte. »Die Mitschülerin – Sonja Kaufmann – vertritt nämlich seit Beginn des Kurses regelmäßig die Ansicht, im Grunde seien die Deutschen nach wie vor ein Nazivolk, jederzeit bereit, wieder von vorne anzufangen und so weiter. Jeder kennt solche Reden – auch wenn sie einem heutzutage zum Glück nicht mehr allzu häufig gehalten werden. Dazu muß man wissen, daß Sonja offenbar unter dem starken Einfluß ihrer Mutter steht, von der ich im Anschluß an die besagte Stunde am Telefon als ›antisemitischer Scheißer‹ beschimpft wurde, weil ich nicht einsehen wollte, daß man als Deutscher die Politik des Landes Israels nicht kritisieren dürfe...«

Wieder wurde es unruhig im Raum. Einer seufzte aus tiefstem Herzen: »O Gott!« Ein anderer murmelte laut genug, daß es alle hören konnten: »Immer dieselbe Leier!«

»…Um nun aber zurück zur Tochter zu kommen: Es ist seit Beginn des Kurses schon beeindruckend zu erleben, wie ein junges Mädchen mit ein paar zu Hause angelernten Parolen eine ganze Klasse am differenzierten, aufgeschlossenen Denken hindert. Tatsächlich hat es Sonja hingekriegt, daß die Diskussionen im Unterricht über absurde gegenseitige Verdächtigungen, Unterstellungen bis hin zu Beschimpfungen selten hinauskommen. Durch ihre ständige äußerst aggressive Haltung setzt sie ihre Mitschüler so unter Druck, daß sich kaum einer traut, etwas anderes als ebenso pamphletartige Kraftmeiereien zu äußern, um nur ja keine Angriffsfläche zu bieten. Je weiter der Kurs fortgeschritten ist, desto weniger war es mir möglich, Raum für Verständnis und Neugierde zu schaffen. Eine Klasse – man kann es nicht anders sagen – in Angst. Und letzten Donnerstag also, während einer ihrer üblichen Haßtiraden, hat Sonja über Olivers Eltern bemerkt, zu ihnen falle ihr nur Wurst und Heil Hitler ein…«

An mehreren Tischen wurde losgeprustet, und zwei, drei lachten ungläubig. Nur einer sagte: »Na, mir aber auch«, woraufhin er von den Umsitzenden ausgezischt wurde.

»Vielleicht versteht ihr, daß einem da schon mal der Kragen platzen kann. Zumal sowohl Olivers Großvater wie sein Onkel im Krieg umgekommen sind und Oliver darum eine besonders emotionale Beziehung zu dem Thema hat. Ich denke, eine einfache Abmahnung für Oliver wird dem Vorfall vollauf gerecht. Über Sonja Kaufmann und ihre Mutter sollten wir allerdings ein bißchen länger nachdenken. Ich jedenfalls möchte mich so bald nicht wieder mit ihr in einem Oberstufenkurs rumschlagen müssen. Und erst recht nicht von der Mutter, nur weil ihr irgendeine meiner Formulierungen nicht paßt, in meiner Freizeit aufs übelste beschimpft und bedroht werden. Zur Zeitung will sie gehen, alles – was immer sie damit meint – öffentlich machen, die Schule in den Dreck ziehen – so handhabt man Konflikte im Hause Kaufmann.«

Linde schüttelte den Kopf, als sei ihm der Vorfall noch immer unbegreiflich. Von einem in seiner Nähe geflüsterten »Also, die Frauen scheinen ihm ja zu Füßen zu liegen«, ließ er sich nicht aus dem Konzept bringen. Später allerdings wollte er herausfinden, wer der Witzbold war. So ein Kommentar, während sein Sohn im Koma lag!

»Die Stunde ging jedenfalls damit zu Ende, daß

Sonja auch noch Cornelius Hohenruh, einen normalerweise ruhigen, vernünftigen Schüler, bis zum Überkochen reizte, indem sie während einer Diskussion über deutsche Untaten im Dritten Reich und der daraus resultierenden besonderen Verantwortung der Deutschen gegenüber den Juden mehr oder weniger deutlich zu verstehen gab, daß das Schicksal des palästinensischen Volkes sie einen Dreck interessiere. Nun wissen die meisten von euch wahrscheinlich, daß Cornelius und Pablo beide bei Amnesty International sind und sich im besonderen mit der Situation in den besetzten Palästinensergebieten beschäftigen. Das heißt – jedenfalls für mich: Sie engagieren sich heute auf eine Art und Weise für Menschenrechte und Toleranz, wie es die Welt vor siebzig Jahren nötig gehabt hätte und schmerzlich vermissen mußte. Und damit komme ich jetzt auch auf das, was Pablo in den Unfall getrieben hat, und möchte anschließend noch eine ganz private Bitte an euch richten.«

Linde nahm den Pappumschlag vom Tisch und zog, während er weitersprach, die Fotos von zerfetzten Leichen und mit Trümmern übersäten Straßen heraus.

»Pablo war Donnerstag morgen auf einer Demonstration in Mannheim gegen Israels Siedlungspolitik. Ich nehme an, viele von euch werden im

Laufe der Jahre mitgekriegt haben, was für ein empfindsamer und mit großem Unrechtsbewußtsein ausgestatteter Junge er ist. Nie hat Pablo akzeptieren können, daß manche die Macht besitzen, andere zu beherrschen und zu unterdrücken, und aus tiefstem Herzen sind für ihn alle gleich und haben dasselbe Recht auf Freiheit und Glück. Und nun seht euch an, mit welchen Zeugnissen von barbarischster Gewalt Pablo von der Demonstration nach Hause kam.« Linde hielt den Stoß Fotos hoch. »Ich weiß nicht, von wem er die Bilder bekommen hat, ich weiß nur, daß sie wie vor Verzweiflung weggeschleudert in seinem Zimmer verteilt lagen, und kann mir vorstellen, wie verstört er von ihrem Anblick gewesen sein muß. Wer sie sich angucken will – bitte …«

Linde legte den Stoß zu seinem Tischnachbarn, der ihn zögernd aufnahm, durchschaute und weiterreichte.

»Dokumente israelischen Besatzungsterrors. Kein Wunder, daß einen achtzehnjährigen Jungen, der seit Jahren darum kämpft, diesem Terror Einhalt zu gebieten, beim Anblick dieser Fotos ein Gefühl der völligen Sinnlosigkeit seines Bemühens und tiefe Verzweiflung überkommt. Neben den Fotos habe ich in Pablos Zimmer auch ein Glas und eine leere Cognacflasche gefunden. Ich kann euch gar nicht beschreiben, wie mich ab dem Moment die Vorahnungen schier wahnsinnig gemacht haben. Und dann am Abend der Anruf der Polizei...« Linde biß sich auf die Lippen und schloß die Augen. Als er sie wieder öffnete, erkannte er in den Gesichtern vor sich Zorn und echtes Mitgefühl.

»Und darum also meine Bitte – oder nennen wir's einen sentimentalen, vielleicht auch abergläubischen Wunsch: Zu Ehren Pablos und zum Zeichen, daß seine Bemühungen eben doch nicht so sinnlos sind, und um ihm eine Freude zu bereiten, wenn er...«, Linde stockte, »...wie der Arzt vorausgesagt hat, bald wieder aufwacht, würde ich gerne – die Idee stammt natürlich von Pablo – eine Partnerschaft zwischen dem Schiller-Gymnasium und einer Schule im Gazastreifen ins Leben rufen. Eine Initiative gegen die täglich fortschreitende – erlaubt mir diese kleine Polemik: Verisraelendung des Nahen Ostens. Und zwar benannt nach Pablo. Sein Name für eine solche Sache – ich glaube, eine schönere Begrüßung könnte er sich für seine Rückkehr ins Leben kaum vorstellen...«

Linde sah zur Seite aus dem Fenster, atmete schwer und schien den Tränen nahe. Dabei entging ihm nicht die Überraschung und die einige Sekunden anhaltende Unentschlossenheit der Kollegen, wie auf seinen Vorschlag zu reagieren sei. Lindes

Herz begann zu pochen. Je länger die Stille anhielt, desto mehr sah er sich schon Reichenheim für immer verlassen.

Bis der erste klopfte. So war es Sitte in der Konferenz: Zustimmung wurde geäußert, indem man mit den Fingerknöcheln auf den Tisch hämmerte. Ein zweiter fiel ein, ein dritter, vierter, und bald klopfte fast der ganze Saal. Linde traute seinen Ohren kaum. Langsam wandte er den Kopf und blickte in die klopfende, nickende, Einigkeit mit ihm demonstrierende Menge. Gänsehaut überlief ihn, und er mußte sich beherrschen, um vor Erleichterung nicht zu strahlen. Statt dessen lächelte er leicht entrückt, als könne auch kein noch so freundlicher Zuspruch ihn in seinem Leid wirklich erreichen, und dankte stumm von links nach rechts.

Nach und nach verebbte der Beifall, bis Bruns den letzten unermüdlichen Klopfern mit dem Konferenzglöckchen Einhalt gebot. Auf vielen Gesichtern blieb ein Ausdruck, als habe man nicht nur sauber eine Klippe umschifft, sondern dabei auch noch ein paar Ertrinkende gerettet.

Nur einer, Georg Lahn, der Sportlehrer – und Linde hatte ihn gleich zu Beginn des Beifalls ausgemacht –, war den meisten anderen beim Bekenntnis zu ihm nicht nur nicht gefolgt, sondern im Gegenteil: Mit provozierend kühler Miene hatte er die

Arme verschränkt und immer wieder auf die um ihn herum Klopfenden geschaut, als glaube er nicht, was er sehe. Ehe Bruns etwas sagen konnte, hob er den Arm zur Wortmeldung.

Bruns sah irritiert zu ihm, wandte den Blick aber gleich wieder ab. »...Nun, lieber Joachim, liebe Kollegen, ich denke, nach dieser – ich möchte sagen – ergreifenden Rede vertagen wir das Weitere auf morgen und machen für heute Schluß...«

Der Arm blieb für alle unübersehbar oben, und viele, beobachtete Linde, runzelten darüber die Stirn oder guckten unangenehm berührt.

»Dann müssen wir auf jeden Fall über Sonja Kaufmann und ihre Mutter beratschlagen. Und was die Pablo-Linde-Initiative angeht – so wollen wir das jetzt mal nennen –, bin ich sicher, wir werden einen vernünftigen, finanziell machbaren Weg finden. Auf jeden Fall halte ich das auch für den Ruf unserer Schule als engagierte, mutige und moderne Lehranstalt für eine wunderbare Idee... Ja, was ist denn, Schorsch?«

Lahn nahm den Arm herunter und sagte zu Bruns: »Ich würde trotzdem noch gerne wissen, was es nun mit dem Vorwurf auf sich hat, Joachim sei seiner Tochter nachgestiegen?«

»Aber Schorsch... Das ist doch nun...« Bruns guckte etwas hilflos durch den Raum.

Zerke, der Chemielehrer, sprang ihm bei: »Wie es zu dieser absurden Anschuldigung kam, hat Joachim doch ausreichend erklärt – also wirklich! Außerdem denke ich nicht«, Zerke drehte sich kurz zu Lahn um, »daß jetzt der Moment für irgendwelche oberflächlichen Political-Correctness-Reflexe ist. Dafür war Joachims Geschichte ja nun wahrlich zu komplex.«

Es folgte allgemeines Gemurmel und Köpfezusammenstecken, während Lahn mit offenem Mund auf Zerkes Hinterkopf starrte. Schließlich beendete Bruns die Konferenz mit einem letzten Glöckchenläuten. Linde stand als erster auf und verabschiedete sich. »Ihr versteht: Ich muß zurück ins Krankenhaus.«

14

Linde trat in die Pedale und atmete die frische, duftende Frühlingsluft. Fast hätte er in der Fußgängerzone gehalten, um sich ein Eis zu kaufen. Doch dann ließ er es lieber bleiben; falls irgendein Bekannter im Eiscafé säße, wollte er nicht für Gesprächsstoff sorgen.

Denn niemand sollte denken, es sei ein guter Tag für ihn. Im Gegenteil: Der Tag war traurig und furchtbar, und solange Pablo im Koma läge, würden alle Tage so sein. Trotzdem – und Linde wehrte sich dagegen, aber auch er war nur ein Mensch –, trotzdem fühlte er sich in diesem Moment wie mit Flügeln. Er hatte es geschafft. Und er freute sich darauf, Pablo von allem zu erzählen. Wie er Ingrid in Schutz genommen und die Schuld der Klinikführung gegeben hatte, von seinem Aufbegehren gegen Kaufmanns und der Warnung, welches Hemmnis sie für den Schulfrieden bedeuteten, wie er gleich darauf, als feinen Schachzug sozusagen, auf seine, Pablos Idee von der Schulpartnerschaft gekommen war, und von der großen Begeisterung dafür. Ja, das würde Pablo gefallen, und vielleicht wäre er sogar ein bißchen stolz auf seinen Vater.

Jakob Arjouni
im Diogenes Verlag

»Ein großer, phantastischer Schriftsteller, der genau und planvoll und lesbar schreibt.«
Maxim Biller / Tempo, Hamburg

»Seine Virtuosität, sein Humor, sein Gespür für Spannung sind ein Lichtblick in der Literatur jenseits des Rheins, die seit langem in den eisigen Sphären von Peter Handke gefangen ist.« *Actuel, Paris*

»Seine Texte haben Qualität. Sie sind ambitioniert, unaufdringlich-provokativ, höchst politisch.«
Barbara Müller-Vahl / General-Anzeiger, Bonn

»Arjouni weiß als Dramatiker genauso wie als Krimiautor, wie er Spannung erzielt, ohne platt zu wirken.«
Christian Peiseler / Rheinische Post, Düsseldorf

Magic Hoffmann
Roman

Ein Freund
Geschichten

Idioten. Fünf Märchen

Hausaufgaben
Roman

Die Kayankaya-Romane:

Happy birthday, Türke!

Mehr Bier

Ein Mann, ein Mord

Kismet

Borger & Straub
im Diogenes Verlag

»Mit ihrer eleganten Prosa und profunden Kenntnis der menschlichen Seele erinnern Borger & Straub an Patricia Highsmith.«
Angela Gatterburg/Spiegel Special, Hamburg

»Was zwei italienische Herren konnten, gelingt auch zwei deutschen Damen. Und wie! Borger & Straub wohnen an die tausend Kilometer voneinander entfernt und schreiben dennoch aus einem Guß.«
Ditta Rudle/Buchkultur, Wien

»Sie erweisen sich als meisterhafte Beobachter von Seelenzuständen. Ihr genauer Blick wird nicht geblendet von moralischer Entrüstung, deckt die Ambivalenz auf, die menschlichen Gefühlen oft innewohnt.«
Susanna Gilbert-Sättele/dpa, Hamburg

Katzenzungen
Roman

Kleine Schwester
Erzählung

Im Gehege
Roman